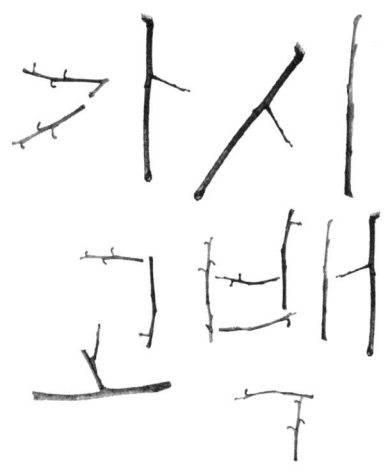

가시고백

김려령

장편소설

비룡소

| 차례 |

1 예민한 손 ... 9
2 거래 ... 37
3 악어 새끼 ... 57
4 거울 ... 104
5 같기도 그리고 같기도 ... 120
6 친구의 집 ... 159
7 권고 사항 ... 196
8 너지? ... 217
9 옐로카드 ... 265

작가의 말 ... 288

나는 도둑이다.

그러니까 사실은 누구의 마음을 훔친 거였다는 낭만적 도둑도 아니며, 양심에는 걸리나 사정이 워낙 나빠 훔칠 수밖에 없었다는 생계형 도둑도 아닌, 말 그대로 순수한 도둑이다. 강도가 아니니 흉기를 지녀서는 안 되며 사람을 해쳐도 안 된다. 몸에 지닌 지갑이나 가방에 손을 대는 소매치기 날치기도 아니다. 나는 거기에 있는 그것을 가지고 나오는, 그런 도둑이다.

1

예민한 손

 해일이 책상에 가방을 내려놓을 때, 지란이 앞문으로 들어왔다. 잠깐 서로 눈이 마주쳤지만 해일은 바로 자리에 앉아 MP3플레이어를 만지작거렸다. 2학년에 올라와 벌써 4월이 훌쩍 지났지만 눈 좀 마주쳤다고 '왔냐?', '왔다.' 하는 살가운 사이는 아니었다. 그저 같은 반 옆자리 아이일 뿐이다. 지란이 자리로 와서 앉았다.
 "지란아, 너 어제 아빠한테 안 혼났어? 아빠 거라며."
 지란 앞자리에 앉은 정다영이 물었다. 다영은 반킹이나.
 "임마가 더 난리였어. 그래서 나도 도둑맞은 걸 어떡하냐고 막 따졌지. 그럴 때는 더 세게 나가야 되잖아. 근데 진짜 어떤 놈이 가져간 거야?"

새 전자수첩은 디자인도 빼어났고, '아버지의 것'이라는 수식이 붙으면서 함부로 손대면 안 될 것 같은 고급스러운 느낌마저 갖고 있었다. 지란은 그런 전자수첩을 학교에 가져왔다가 도둑맞은 것이다.

"아빠 건데, 인강 때문에 내가 쓰기로 했어."

자랑.

참으로 덧없고 속 빈 행위지만 자랑이 주는 매력은 상당했다. 지란 아버지는 꼭 들어야 한다는 인강 때문에 순순히 전자수첩을 내줄 수밖에 없었는데, 대한민국 고등학생에게 '인강'이 얼마나 위력적인지 확인되는 순간이었다. 인터넷 강의, 인강. 인강 앞에 무릎 꿇고 최신형 MP3플레이어나 PMP, 전자수첩 같은 기기를 자녀에게 헌납한 부모가 얼마나 많은가. 기백만 원을 넘나드는 PC도 막강한 인강 앞에서는 맥을 못 추는데 저런 소형 기기는 차라리 애교였다.

아이들은 인강을 듣다가 제멋대로 화면이 멈춰 버리는 낡은 PC 때문에 인내심이 바닥을 쳤고, 그로 말미암아 성적도 곧 바닥 칠지 모른다고 하소연했다. 이쯤 되면 부모는 때려 부수지 않는 한 절대로 화면이 멈출 일 없는 최신형 PC로 바꿔 줄 수밖에 없다. 그런데 왜 최신형 PC로는 인강과 전혀 상관없는 동영상이나 게임에만 몰두하느냐 말이다. 교육부는 이 땅의 모든 부모에게 최신형 혈압계를 무료로 배포할지어다. 부모들의 인내심이 바닥을 친 건 물론, 바닥을 뚫고 들어가 지하수를 퍼 올릴 만큼의 초인적 정신력으로 자녀와 마주하고 있으니까.

여하튼, 음악을 듣는 척 다영과 지란의 대화를 엿듣던 해일의 눈썹이 꿈틀했다. 학교에서 도난 사건은 간간이 발생한다. 그런데 명실공히 남녀공학임에도 늘 어떤 '년'보다 '놈'이 먼저 거론됐다. 도둑에게 어떤 '학생'까지 바라는 건 아니지만, 도둑이면서 '놈'인 해일이 예민하게 반응하는 건 당연했다. 사기꾼들은 도대체 어떤 호의를 보였기에 '놈'보다는 훨씬 고급스러운 '꾼'이라는 호칭을 얻었을까? 해일은 자신의 직업에 남들이 붙이는 호칭까지는 어쩔 수 없었지만, 무의식적으로 '놈'을 먼저 지목하는 현상은 못내 아쉬웠다.

"어떻게 문제 하나 푸는 사이에 사라지냐. 진짜 갑자기 사라졌어."

지란은 도둑맞은 전자수첩보다 도둑맞은 순간이 더 신경 쓰였다. 그런데 정말 갑자기일까? 천만에. 전조 없이 갑자기 벌어지는 일은 매우 드물다.

바로 어제. 지란은 이제껏 사물함에 자물쇠를 채우지 않았다. 사물함에 넣어 둔 것이라야 대충 만든 걸레와 진도 마친 문제집, 길에서 받은 광고용 휴지가 전부다. 버리거나 잃어버려도 될 물건들이기에 굳이 자물쇠를 채울 필요가 없었다. 그런 지란이 2교시를 마치고 자물쇠를 빌렸다.

"누구 안 쓰는 자물쇠 있는 사람!"

"나 있는데, 빌려 줄까?"

다영이 여유분의 자물쇠를 지란에게 건넸다.

"땡큐! 역시 반장은 다르다니까."

"비밀번호 911이야. 바꾸려면 바꿔."

"엄청 찝찝한 번호네."

"그런 번호를 쓸 거라고 누가 상상하겠냐?"

다영은 자신의 비밀번호에 자신감을 보였다.

"그것도 그러네. 잠깐 쓸 거니까 그냥 써야겠다."

지란을 중심으로 앞자리 다영, 왼쪽 옆자리 해일이다. 은밀한 이야기도 해일이 쉽게 들을 수 있는 자리 배치임에도, 지란과 다영의 목소리는 너무 컸다. 사물함 자물쇠 비밀번호 911. 이렇게 되면 자물쇠를 채웠다기보다 그저 걸쳐 놓은 것에 불과하다. 지란이 4교시에 있을 수준별 수학 수업을 들으러 올 상급반 아이들만 염두에 둔 탓이다. 게다가 지란이 듣는 중급반 선생님은 모든 전자 기기를 엄격하게 단속했다. 수업 중에 사용하든 안 하든 눈에 띄는 순간 압수였다. 더욱이 다른 반까지 전자수첩을 가져가는 소심한 행동은 자제해야 했다.

"간만에 뭐 하나 샀나 보다."

부러움이 빈정거림으로 바뀌면 낭패다.

3교시 전, 지란이 사물함에 자물쇠를 채우고 난 얼마 뒤 해일이 교실을 나갔다. 수업 시작 바로 직전을 노린 것이다. 3교시가 끝난 뒤는 안 된다. 그때는 상급반 아이들이 몰려온다. 도난 사건을 2학년 이과반 전체로 확대시킬 필요는 없는 것이다. 해일이 전자수첩을 빼내고 자물쇠 고리를 열어 둔 것도 그 때문이다. 자물쇠가 멀쩡했다면 지란은 의심 없이 4교시 수업을 들으러 갔을 테고, 돌아와 사물함을 열어 본 뒤에야 전자수첩이 사라졌다는 것을 알았을 것이다. 10반에서 수업을 들은 상급반 아이들을 의심할 건 당연했다. 그러니 모든 일을 3교시 전에 끝내야 했다. 행동은 신중하고 빠르게, 소란은 최대한 잠잠하게. 이것이 바로 해일의 작업 철학이었다.

해일이 자리에서 일어날 때 지란은 수학 문제집을 풀고 있었다. 지란과 같은 중급반인 해일은, 지란이 미처 숙제를 해 오지 않았다는 것을 확신했다. 급한 숙제 때문에 전자수첩에 대한 집중력이 떨어질 건 당연했다. 비밀번호가 공개된 자물쇠다. 보안이 허술한 물건을 빼내는 건 실력이 아니라 타이밍의 문제다. 해일은 복도에서 전화하는 척 창문으로 지란을 주시했다. 예상대로 지란은 숙제에 열중하고 있었다.

드디어 3교시 시작종이 울렸다. 준비. 복도에 있던 아이들이 교실로 들어갔고, 아이들 두어 명이 사물함에서 물건을 꺼내거나 넣고 자리로 돌아갔다. 그때 지란이 고개를 돌려 아이들이 사물함에서 물러나는 것을 스윽 보고 다시 문제를 풀기 시작했다. 좋은 신호였다. 출발. 해일이 교실로 들어왔다. 수업 준비를 하는 아이들과 같은 흐름을 탄 것이다. 이때 아이들은 특별한 일이 있지 않는 한 뒤를 돌아보지 않는다. 곧 자물쇠 숫자가 911에 맞춰졌고, 전자수첩은 해일의 품으로 이동했다. 그리고 해일의 책가방 속 딱딱한 받침대 아래 비밀 공간으로 다시 한 번 이동했다.

종료.

끝났다. 벌써 내려 버린 찬 서리처럼 조용히. 지란은 해일이 자리에 앉을 때까지도 수학 문제를 풀고 있었고, 해일의 움직임을 전혀 의식하지 못했다. 이것이 바로 어제 3교시 전에 있었던 일이다.

"사물함 기분 나빠. 뒤에 뭐가 서 있는 것 같다니까."

지란의 말은 주위에 이상한 기운을 만들었다. 아이들이 끌리듯 돌아보았는데, 사물함 근처 공기가 스악하게 느껴질 정도였다.

"근데 지금 몇 시지?"

지란은 딱히 누구를 지목하지 않고 혼잣말에 가깝게 물었다.

"8시 8분. 나는 이상하게 핸드폰만 열면 8시 8분이더라."

911 자물쇠 주인 다영이다.

"난 꼭 10시 10분이던데, 아니면 11시 11분."

지란이 다영의 말을 받았다.

"니네 새벽 4시 44분에 핸드폰 본 적 있냐? 잠결에 봤는데 444야. 섬뜩하더라."

해일 바로 앞에 앉은 진오까지 숫자 일치 시간 이야기에 합류했다.

"비밀번호 911, 왠지 이번 사건하고 관계있을 것 같지 않아?"

지란이 볼펜으로 책상을 툭툭 치며 말했다.

"전자수첩이 사물함에 팍 꽂히기라도 했냐?"

새벽 4시 44분은 두려워했던 진오가, 911테러에는 강한 모습을 보였다.

"911이라는 숫자가 범죄를 미리 암시한 건 아닐까 하는 거지."

"너 왜 그래, 무섭잖아. 나 자물쇠 버릴 거야!"

다영이 자세를 확 틀어 앞을 보았다.

"너지!"

지란이 다영 어깨에 두 손을 스윽 얹고 낮게 말했다.

"엄마! 깜짝 놀랐잖아!"

이제 아이들은 전자수첩의 행방보다 숫자 일치 시간과 자물쇠 번호에 더 예민하게 반응했다. 숫자. 존재감이 명확한 문자다. 어설프게 접근했다가는 정답을 코앞에 두고도 다른 곳을 헤매게 만들 수도 있는, 매우 주의를 요하는 문자이기도 하다.

담임이 교실로 들어왔다.

"허지란, 전자수첩 못 찾았지?"

"네."

"그러니까 학교에 비싼 물건 가져오지 말랬잖아."

"가져온 것보다 가져간 게 잘못이잖아요."

해일은 고개를 돌려 지란을 바라보았다. 혹시 도둑의 도덕심을 비난하는 것일까? 저거 좋다, 미안한데 슬쩍……. 그런데 생각해 보니 이건 아닌 것 같군. 도로 가져다 놓자. 이런 걸 기대하고 있는 건 아닌지 의심스러웠다. 걸리지 않은 이상 자진해서 돌려주는 도둑은 없다. 해일은 다시 앞을 보며 도난 사건에 딱히 관심이 없는 듯한 시선을 유지했다.

"보관이라도 잘 했어야지."

"사물함에 잘 넣어 뒀어요. 근데 잠깐 문제 하나 푼 사이에 사라졌단 말이에요."

잠깐이라. 지란은 하나의 수학 문제를 풀기 위해 몇 '분'을 사용했고, 해일은 하나의 물건을 가져오기 위해 몇 '초'를 사용했다. 그것이 지란과 해일의 '잠깐'의 차이다.

"손이 제법 빠른 녀석이었나 보네. 누군지는 모르겠다만 이 정도면 장난이 아니다. 그래도 장난으로 한번 가 보자. 다시 가져다 놓길 바란다. 알겠지?"

어딘가에서 반사적으로 "예." 하는 대답이 나오기는 했으나 아이들 대부분은 입을 꾹 다물었다. 범인 대신 대답한다는 것도 우습고 괜히 대답했다가 범인으로 몰리고 싶지 않았다.

'선생님, 가져가는 것보다 가져다 놓는 게 더 힘든 거예요.'

속말이면서도 해일은 고개를 들지 못했다.

"가져다 놓는 게 더 힘들다는 거 안다. 그래도 가져갈 때보다 더 스릴 있을 거다."

순간 저도 모르게 고개를 들었던 해일이, 시선을 툭 떨어뜨렸다. 드러낼 수 없는 행위를 한 자가 정곡을 찔렸을 때 드러날 수밖에 없는 불안함이었다. 해일은 침착하게 표정 관리를 했다. 오랜 경험에서 나온 상투적인 충고일 뿐 큰 의미는 없는 거라고. 그러나 가슴에 가시가 쿡 박힌 것만은 분명했다.

학교를 마친 해일은 전자수첩 대리점을 찾았다. 이런 물건은 묵혀 둘수록 가치가 떨어지기 때문에 신속하게 움직여야 했다. 워낙 유명한 상표라 집 근처에도 대리점이 있지만, 부러 집과 멀리 떨어진 곳을 찾았다.

"이거 충전기하고 데이터 케이블 좀 주세요."

해일은 전자수첩을 내밀었다.

"두 개 다 없어요?"

"수련회 갔다가 넣어 둔 팩을 잃어버렸어요."

직원은 수납장에서 전자수첩에 맞는 충전기와 데이터 케이블을 꺼냈다.

"분실한 거라 다시 구입하셔야 해요."
"할 수 없죠, 뭐."
해일은 계산을 하고 대리점을 나왔다.
비로소 전자수첩 풀세트가 완성됐다.

해일이 집으로 들어오고 얼마 안 되어, 어머니가 들어왔다.
"너는 엄마가 부르는데도 어쩜 그렇게 그냥 가니!"
"언제 불렀어?"
"아래 해성 쇼핑에서부터 불렀잖아."
"음악 듣고 있어서 못 들었나 보다."
"그 이어폰 좀 빼고 다닐 수 없냐? 아이고 무거워."
어머니는 고구마 줄기가 잔뜩 든 종이상자를 내려놓았다.
"아들, 고구마 줄기 까자."
"나 인강 들어야 돼."
"그건 나중에 듣고 일단 이거부터 까."

인강의 위력이 고구마 줄기 앞에서 무너지는 역사적인 순간이었다. 해일은 어머니 말이 길어지기 전에 가방을 방에 휙 던졌다. 그리고 신문지에 풀어놓은 고구마 줄기 앞에 앉았다. 상자에는 아직 꺼내지 않은 고구마 줄기가 두 단이나 더 남아 있었다.

"왜 이렇게 많이 샀어?"

"안 그래도 먹고 싶었는데, 있기에 잔뜩 샀지. 세상 참 좋아졌어. 난 더 기다려야 할 줄 알았는데 벌써 나왔다."

"그래도 너무 많이 샀다."

"시장 가 봐. 다 금값이야. 이거라도 실컷 먹자."

해일은 고구마 줄기 잎사귀를 똑 자르고 껍질을 주욱 벗겼다.

"넌 기가 막힌 손끝을 가지고 태어났어."

어머니가 해일의 손놀림을 보며 말했다.

"내 손끝이 너한테 갔나 보다. 넌, 예민한 일을 해야 해. 예민한 손은 예민한 일을 해야 제값하지 엄한 일 하면 죽도 밥도 안 된다."

"내 손이 뭐가 예민해."

"보면 알아. 엄마가 그 작은 가발 공장에서 그렇게 오래 버틴 것도, 다 이 손끝 때문이야. 아무리 굳은살이 박여도 상처 난 머리카락은 내 손을 못 벗어났어."

어머니는 고구마 줄기를 한 움큼 잡아 가발에 윤기를 내듯 손바닥에 척척 문질렀다. 그리고 달인의 솜씨로 껍질을 까기 시작했다. 예민한 손. 삼십 년 경력 가발 전문가의 손을 이어받은 손이라니. 해일은 타고난 도둑의 손이라고 생각한 손이다. 해일이 고구마 줄기 껍질을 사악 벗기자 시원한 잔물기가 손등에 앉았다.

"해일아, 해성 쇼핑 지하 시장 말이야, 거기 생선 가게하고 분식집 딱 붙어 있잖어. 생선 가게는 남편이 하고 분식집은 부인이 하고. 알지?"

"알아."

"그 분식집 여편네는 세상 모든 여자가 지 남편한테 눈독 들이는 줄 안다. 꽁치 대가리 같은 남자를 누가 좋아한다고, 되도 않은 의심이여 의심이."

어머니 곁에는 벌써 속살을 드러낸 고구마 줄기가 쌓이기 시작했다.

"여차하면 지 신랑을 의심해야지, 왜 멀쩡한 여자들을 의심해."

환갑을 몇 년 앞두지 않은 어머니는 젊었을 때와 크게 변한 게 없다. 대놓고 불평하지 못하는 성격이다 보니 밖에서는 꾹 참고, 집에 와서 쌓인 만큼 말로 풀었다. 호기심은 많아 누가 싸우기라도 하면, "왜 그런데요?" 하고 기어이 구경꾼들 틈에 끼어 구경할 거 다 하고 와서 직접 씨운 사람처럼 현킹 상황을 전했다. 심지어 버스나 지하철에서 누군가 수다 떠는 것까지 집중해서 듣고는 자신과 매우 관련된 일처럼 이야기했다.

"지금 금값이 엄청나게 올랐잖니. 근데 그걸 값 오르기 전에 애 아빠 모르게 다 팔아가지고 대판 싸웠단다. 난리 났었나 봐. 애, 요즘 금값 엄청 올랐지? 아까워서 어쩐다니. 뭔 급한 일이 생겨서 그렇게 다 팔았을꼬. 쯧쯧쯧."

"누구 얘기 하는 거야?"

"몰라, 버스에서 첨 봤어."

싸움보다 이야기를 더 좋아하는 어머니도 볏을 세우고 싸움에 임하는 사람이 있는데, 바로 해일 아버지가 그 주인공이다. 해일이 어렸을 때는 어머니 아버지의 육탄전을 목격하기도 했다. 아버지가, 어머니가 가발 공장의 중심에서 '공' 사장을 외친다고 의심한 탓이다. 다행히 가발 공장 공 사장이 중국으로 공장을 옮긴 뒤 육탄전은 사라졌지만, 곧 육탄전으로 넘어갈 듯한 긴박한 말싸움마저 사라진 것은 아니었다.

"엄마가 고구마 줄기 산 김에 고등어도 사려고 생선 가게에 갔잖어."

"아침에도 고등어 먹었잖아."

"같이 조리면 고등어도 맛있고 고구마 줄기도 맛있어. 하여간 보니까 물이 어제보다 괜찮어. 그래서 오늘은 고등어

물이 좋네요, 그랬거든. 그랬더니 아저씨가 한 세 마리를 사라네. 그렇게 많이는 필요 없으니 두 마리만 주시오 했지. 그랬더니 이 여편네가 떡볶이를 막 뒤적이면서 뭐라는 줄 아냐? 고등어 사러 왔으면 고등어나 사 갈 것이지 뭔 말이 저렇게 많데. 하여간 하나같이 똑같다니까, 쯧쯧쯧. 이러잖어!"

어머니는 고구마 줄기를 던지듯이 척 내려놓았다.

"그런 말 듣고도 고등어를 사 왔어?"

"기분 나쁘다고 고등어도 안 먹냐?"

"엄마는 고등어를 너무 좋아해."

"나 간고등어 홈쇼핑 모델은 돈 안 받고도 잘할 수 있는데."

어머니는 씨익 웃으며 고구마 줄기 껍질을 힘껏 잡아당겼다.

"나 왔어."

해철이 집으로 들어왔다.

올해 서른 살 된 해철은, 해일과 열두 살이나 터울이 지는 형이다.

"형 왔으니까 난 인강 들으러 갈게."

해일이 고구마 줄기에서 벗어날 좋은 기회였다.

"저녁 먹기 전에 끝내. 큰아들, 이리 와서 이거 까."

"오자마자 일을 시켜."

해철은 고구마 줄기 앞에 앉았다.

"놀고 오자마자 아니고?"

"어디 일할 데 있나 찾아보고 다녔어."

"일할 데 여기 있다."

"뭘 이렇게 많이 샀어. 저 박스에 있는 것도 다 까야 돼?"

"깔 때 까야지 묵히면 말라서 안 까져. 해철아, 너 해성 쇼핑 지하 시장 알지?"

"알지."

"거기 분식집하고 생선 가게랑 딱 붙었잖어. 생선 가게는 남편이 하고……."

어머니는 해일에게 한 말을 해철에게도 똑같이 할 것이다. 마치 이제 처음 하는 이야기인 것처럼. 비누로 손을 씻던 해일이 피식 웃었다. 그새 손톱 사이에 낀 진이 잘 빠지지 않았다. 고구마 진은 쉽게 지워지는 게 아니었다. 해일은 물기를 대충 닦고 고구마 줄기를 피해 방으로 들어갔다.

해일은 ○○전자 홈페이지에서 전자수첩 이미지와 상세 정보를 다운받았다. 출시된 지 얼마 안 된 최신형 제품이다. 해일은 홈페이지를 나와 인터넷 쇼핑몰로 들어갔다. 같은 전자수첩을 검색해 보니 대략 사십오만 원 선에서 판매되고 있었다. 판매자마다 무료 다운로드 상품권이나 전자수첩 케이스를 사은품으로 걸었지만 그 정도는 가격을 내려 해결할 수 있었다. 중고 거래가 삼십오만 원. 결정. 해일은 외할머니 주민등록번호로 가입해 놓은 인터넷 중고 카페로 들어갔다. 그리고 다운받은 이미지와 상세 정보를 '팝니다' 코너에 올렸다.

○○전자 전자수첩 최신형.
구입한 지 2주일 됐음. 스크래치 전혀 없음.
박스 버렸음. 충전기 포함 완제품.
중고 거래가 : 삼십오만 원 (가격 절충 없음.)
신촌역 근처 직거래 원함.
거래 원하는 분 문자로 연락 바람.

의심 받지 않고 판매하기 위해서는 부속품까지 철저하게 신경 써야 한다. 지란이 가져온 이어폰과 본체만으로는 곤란했다. 해일이 순정 데이터 케이블과 충전기를 마련한 이유다.

"인강 듣는다고 해놓고 딴짓 할 줄 알았지."

해철이 방으로 들어왔다.

"여태 듣다가 이제 막 검색 좀 한 거야."

"뭐 검색했는데. 내가 좋아할 만한 거냐? 나 좀 독특한 거 좋아한다."

"나 그런 거 잘 안 봐."

"니 나이 때는 그런 거 잘 봐도 괜찮아."

하아. 해일은 해철을 바라보았다.

올해로 장엄한 삼십 대로 진입한 형이다.

"조금 있으면 시험이야, 나가 줘."

"동생, 공부 때문에 코피 흘리는 것처럼 시시한 것도 없다."

어머니는 해일에게는 예민한 손끝을 주시고, 해철에게는 대책 없이 떠드는 입을 주신 게 분명했다.

직업.

아버지 직업은 아파트 관리소장이다. 평사원에서 소장에 이르기까지 직장 한 번 바꿔 본 적 없는 골수 관리소장이다. 그리고 어머니 직업은 가발 기술자, 였다. 삼십 년 경력이 말해 주듯 손으로 직접 모발을 심는 낫팅 기술과 머릿결 가공 기술에서는 수준급 전문가였다. 육 년 전 가발 공장이 중국으로 이전하면서 일을 그만두었는데, 기술 고문으로 함께 가자는 공 사장의 간곡한 제의를 겨우 뿌리칠 정도였다. 아버지는 가발 기술자라는 깔끔한 말을 두고도 꼭 머리에 잔디 심는 아줌마라고 해서 어머니의 심기를 건드렸다.

"저 영감이 제초제를 뒤집어써 봐야 정신을 차리지."

해철의 직업은 매우 다양했으나 현재는 무직이다. 정확하게 말하면 대저 직업으로 받아들이기 매우 난감한, '감정 설계사'가 되기 위해 불철주야 연구 중이다. 이 듣도 보도 못한 낯선 연구가 끝나면 바로 창업할 계획이라고 했다.

"감정을 설계하지 않는 자, 스스로 자멸할 것이다."

해철의 홈페이지 대문에 장엄하게 씌어 있는 글귀다.
사이비 교주 냄새가 폴폴 나는 저 문구에 대한 설명을 살펴보면 대략 이렇다.

모든 감정은 효율적으로 분배돼야 한단다. 감정 빈익빈 부익부현상으로, 발달된 감정은 계속 커지고 덜 발달된 감정은 점점 작아지다 아예 소멸될 수도 있다고. 기쁨, 사랑, 슬픔, 질투, 공포, 등등 어느 하나라도 과하거나 부족하면 큰 낭패를 볼 것이라 경고하는데, 검증되지 않은 보양식을 억지로 먹은 것 같은 찝찝함을 과도하게 확장시키는 경고였다. 공포가 과하면 사소한 일에도 극도의 공포를 느껴 일상생활에 엄청난 지장을 받을 게 자명하며, 슬픔이 과하면 당연히 기쁜 일에도 슬픔을 뽑아내 기쁜 날 엉엉 대성통곡하는 난감한 상황이 발생한다고. 그러니 당장 감정 설계를 받으라는데, 서둘러 받지 않으면 슬픔으로 점철된 인생을 살 것 같은 공포까지 한 아름 안겨 주었다. 더욱이 해철 자신은 감정의 재분배는 물론, 특정 감정을 일시적으로 확장 혹은 축소도 시킬 수 있다고 했다. 이 무슨 두통을 유발하는 감정의 난해함이란 말인가. 설계받기 전부터 유발되는 두통이, 건강에 아무런 지장을 주지 않는다는 연구 결과를 학회에 보고 하지 않은 이상 쉽게 결정할 수 없는 설계였다.

"감정을 어떻게 설계해? 그게 설계한다고 설계가 돼? 혹시 최면 아냐?"

해일이 그렇게 물어본 적이 있었다.

"최면은 무의식으로 들어가 숨어 있는 자신을 끌어내는 거고, 감정 설계는 의식에 저장된 감정이라도 다시 설계하자는 거야. 생각보다 가짜 감정이 많거든. 말하는 감정하고 마음속 감정이 다른 거야. 그러니까 일단 감정부터 솔직해지자는 거지."

해철은 감정마저 복종시키려는 비열한 인간들 때문에 가짜 감정이 넘친다고 했다. 때려 놓고, "아파? 그게 왜 아파?" 사람 잘근잘근 씹어 놓고, "기분 나빠? 왜?", "싫어? 너 지금 싫다고 했니?" 식으로. 상대를 자기 발아래로 아는 자들이 흔히 쓰는 방법인데, 이런 자들일수록 자기 이익에 반하는 희생 따위는 절대 없다고 했다. 해철은 "다 너를 위해서."라고 말하는 자들을 멀리 하라고 당부했다. 자신을 위한 자기만족을 위한 행동이 대부분이니까. 진심으로 위한다면 상대가 눈치채지 못하게 움직이는 것이라 했다. 부담 듬뿍 주면서 "내가 너를 위해 이만큼 했다."고 하는 건 행한 만큼의 억압도 행사하겠다는 것과 같다고.

"혹은 나를 위해 너를 그만큼 사용했다, 는 말과도 같지. 여왕개미가 아기 개미핥기를 위한다는 말보다 더 웃겨. 누가 하랬냐고. 자기 세계에서 여왕이면 다른 세계에서도 여왕인가?"

해철이 킬킬 웃었다. 그리고 권위를 행사하는 순간 그 알량한 권위마저 곧장 추락한다는 진리를 모르는 인간들 때문에, 가장 솔직해야 할 감정마저 주변을 의식하면서 표현하는 가련한 감정의 비굴함이 난무한다고 했다.

"어쨌든, 형이 무슨 수로 다른 사람 감정 분포를 읽는데?"

"나야 전문가니까."

"……."

일단 신뢰감부터 주는 전문가라는 말 때문에 해일은 말문이 턱 막혔다. 그러나 해철 몸에 감정 전문용 MRI장비가 내장되었다는 것을 증명하지 않는 한, 사이비 교주나 사기꾼으로 몰릴 가능성이 더 커 보이는 건 어쩔 수 없었다. 그저 저 두통 유발 홈페이지에 악성 댓글 하나 달리지 않은 게 신기할 따름이었다.

마지막으로 해일. 해일의 직업은 굳이 분류하자면 비정규직 프리랜서 군에 속하는 절도 전문가, 즉 도둑이다. 능력에 따라 일했고 그것으로 인한 수입이 있으니, 직업이 아니다 하기에는 좀 거시기한 부분이 있었다. 단지 살아가기 위한 수단으로서의 벌이가 아닐 뿐이다. 직업을 함부로 누설해서는 안 되며, 비밀리에 작업을 해야 한다는 직업 특성상 일면 국정원 비밀요원과 행동 수칙은 흡사하나, 한쪽은 죽도록 숨겨야 하고 한쪽은 죽도록 밝혀내야 한다는 점에서 그 행보가 달랐다.

해일이 남의 물건에 손을 댄 건 일곱 살 때가 처음이다. 유치원에서 미술 도구를 정리하면서 해일이 움직인 것이다.

바구니를 든 채 선생님 가방에서 지갑을 꺼냈고, 지갑을 바구니 속에 숨겨 정리함에 그대로 내려놓았다. 그리고 며칠 뒤, 동전 하나 없어지지 않은 지갑은 선생님에게 돌아갔다. 어느 어린 제자의 짓궂은 장난으로 다뤘던 지갑 사건. 걸리지 않고 갖지 않았기에 훔친 행위마저 없었던 일이 된 사건이었다. 해일이 그날을 아직도 기억하는 건 자신의 움직임 때문이다. 어수선한 분위기에 자연스럽게 섞여 어느 순간 선생님 가방을 열고 한 치 망설임도 없이 지갑을 꺼냈다. 일곱 살짜리라고 하기에는 섬뜩할 만큼 자연스러웠다. 그것은 배우는 게 아니라 그냥 타고나는 거라고 생각할 수밖에 없는 움직임이었던 것이다.

'예민한 손을 가진 감정 분배가 잘못된 아이…….'

순간 해일의 손끝이 파르르 떨렸다.

지이잉.

진동으로 해 둔 휴대전화로 메시지가 왔다.

○○중고카페 회원입니다.

전자수첩 25만원에 안 될까요?

해일은 메시지를 무시할까 잠시 고민하다, 짧은 문자를 보냈다.

흥정 없습니다.

제시 가격에서 십만 원을 더 내려 부르다니. 가격을 심하게 후려치는 걸 보니 온라인에서 활동하는 장물아비일 가능성이 높았다. 이 바닥에도 상도덕이라는 게 있는데 이 작자는 해일을 지나치게 깔본 것이다. 해일은 휴대전화를 베개 옆으로 휙 던지고 침대에 벌러덩 누웠다.
"해일아, 밥 먹자!"
어머니의 우렁찬 부름에 해일은 침대에서 일어나 주방으로 나갔다.
역시 식탁 한가운데에는 고구마 줄기를 깔고 고등어를 조린 냄비가 놓여 있었다. 아버지가 먼저 나와 앉아 있었고, 해철이 이제 막 의자를 빼고 있었다. 아버지 표정을 보니 간만에 다 같이 먹는 저녁 식사가 흐뭇한 듯했다.
"니들은 왜 아직까지 저녁 안 먹었어?"
"종일 이거 까느라고 여태 못 먹었지."
어머니가 두 아들과 줄기차게 깐 고구마 줄기를 듬뿍 집으며 대신 대답했다.

"해일이 너는 야자 안 하냐? 우리 아파트 애들은 12시나 돼야 오더구먼."

"우리 반은 야자 자율이에요. 하고 싶은 사람만 해요."

"넌 왜 안 하는데?"

"이달에는 실험할 게 있어서요."

"무슨 실험?"

"……."

해일이 생각 없이 툭 던진 말의 꼬리를 아버지가 덥석 물었다.

"무슨 실험 하는데?"

해철마저 말꼬리를 물었다. 난감하기 짝이 없는 상황이었다. 그때 해철의 등 뒤로 유정란이라고 씌어 있는 상자가 보였다. 어머니가 고구마 줄기를 담아 온 종이상자다.

"유정란으로 병아리 부화시켜 보려고."

"그걸 집에서 해? 이 자식 능력자네."

'병아리 부화라니…….'

해일도 당황했다. 이 무슨 천진하기 짝이 없는 실험이란 말인가. 전자수첩만 생각하다, 눈에 들어온 유정란이라는 글씨에 기대어 아무 말이나 던지고 만 것이다.

"기가 시간에 배웠었는데 더 알아보고 하려고. 수행평가로 재밌겠어서."

"다 크면 우리는 몸보신 하고, 너는 점수 따고. 넌 진정한 능력자야!"

해철이 엄지를 번쩍 세웠다.

그런 해철을 아버지가 한심스럽게 바라보았다.

"너도 이제 능력 좀 보여 줄 때가 되지 않았냐?"

"금방 보여 드릴게요."

해철은 아버지가 아니라 고등어 속살을 살피며 대답했다.

"그런 말은 밥 다 먹고 해도 되잖어."

어머니가 아버지를 타박했다.

"자식한테 말하는데도 밥상 가리고 조용한 곳 가리나?"

"해철이가 돈 벌어다 주면 어디다 쓰려고 맨날 닦달이여?"

"돈 받아 쓰고 싶어서 하는 말이 아니잖어! 사람이 뭔가 생산적인 일을 해야지. 돼지여? 먹여 주고 살찌워 주면 나중에 삼겹살이라도 남기고 죽을란가?"

타악! 어머니가 숟가락을 비장하게 내려놓았다.

"애가 지금 연구 중이라잖어……."

어머니 아버지 말싸움 폭탄에 불이 붙었다.

"어따 써먹지도 못할 연구는. 당신이 맨날 저놈 지갑에 돈 채워 주는 거 아녀?"

아버지가 불꽃을 바짝 당겼다.

"그려, 내가 이때까지 번 돈, 해철이 죽을 때까지 채워 줄란다. 왜!"

"공 사장 놈 사라지니까, 이제 감쌀 놈이 해철이밖에 없지?"

"근데 이 영감이……."

어머니가 물컵을 꼭 쥐었다. 오랜만에 육탄전을 기대해 볼 만한 상황이었다.

"왜 찔리나 보지? 말 나온 김에 해철이한테 물어볼까? 야, 해철아."

해철은 불붙은 식탁 대첩에 어떤 동요도 없이 식사에 열중하고 있었다.

"니가 말 좀 해 봐라. 공 사장 놈 말이여. 넌 다 알고 있지?"

"아버지. 제가 곰곰이 생각해 보니까……."

"그래."

"저는 88만원을 빌려야 하는 세대 같아요."

"뭐? 내가 88만원 빌려 주랴? 빌려 줘? 이 88만원도 안 되는 자식아!"

해철만의 장엄하고도 비상한 능력이었다. 아버지 어머니가 불붙인 폭탄의 조준 방향을 자신 쪽으로 돌린 것이다. 그러고도 저토록 평안한 얼굴로 고등어 살을 가르다니.
　"분식집, 한식집, 피자집, 자전거 대리점, 부동산, 마트……. 무슨 직장을 게릴라처럼 들어가서 흔적도 안 남기고 나오고 지랄이여, 지랄이."
　"……."
　"너는 롤 모델도 없냐?"
　"있습니다."
　"누구?"
　"부동산에 있을 때 본 떴다방 아줌마요."
　"지랄한다."
　아버지가 주먹을 획 들자, 해철은 자신에게 날아온 폭탄을 품고 장렬하게 거실로 탈출했다.
　"너 이리 안 와!"
　어머니는 그제야 물컵에서 손을 떼었다. 잠시 밥 먹기를 멈췄던 해일도 다시 먹기 시작했다. 그리고 아버지 어머니가 싸움 상대를 다른 사람으로 하고 한 팀으로 붙으면 환상의 복식조가 될 텐데, 왜 늘 둘이 격돌하는지 몹시 안타까워했다.

2

거래

"물건에도 다 사연이 있는 거야. 그러니까 남의 물건을 가져가는 녀석은, 사연과 영혼까지 가져간다는 거다."

담임은 미리 연습한 사람처럼 또박또박 막힘없이 말했다. 인간미는 떨어지지만 묘하게 집중하게 만드는 스타일이다. 그러나 아이들에게 이번 절도 사건은 잠시 동안의 흥미일 뿐이었다. 자신의 물건이 사라진 게 아니었으므로.

'그런 거 신경 쓰는 도둑은 아직 도둑 아니에요, 그냥 도벽이지······.'

해일은 담임을 바라보며 속말을 했다. 스스로에게도 착잡한 말이었다.

반짝. 해일이 무음 무진동으로 해놓은 휴대전화에서 빛이 반짝였다. 해일은 휴대전화를 책상 밑으로 놓고 메시지를 확인했다.

○○중고 시장에서 전자수첩 봤습니다.
거래 가능한가요?

네.

오늘 직거래 괜찮습니까?
신촌이면 7시 반까지 갈 수 있습니다만.

상대는 메시지를 보내는 속도가 매우 빨랐다.

그럼 이따 7시 반
신촌역 4번 출구에서 뵙겠습니다.

해일도 상대 못지않게 빠르게 메시지를 보냈다.
"민해일!"
"네."

"휴대전화 규제가 풀렸다고 예의까지 풀린 건 아니다."
"죄송합니다. 전원 끄겠습니다."
반짝. 또다시 메시지가 도착했다.

그럼 저녁때 뵙겠습니다.

제대로 물렸다. 경험에서 오는 직감이다.
해일은 전원을 누르기 전에 빠르게 답장을 보냈다.

네.

담임은 해일이 휴대전화를 가방에 넣는 것을 본 뒤에야 말을 이었다.
"누군지 가져간 물건은 입맛에 맞게 잘 쓰고, 대신 훔쳐 간 영혼만큼 자기 영혼도 깎여 나간다는 것만 명심해라. 수업 준비하자."
담임이 교실을 나갔다.
해일은 창밖을 바라보며 담임에 대해 생각했다. 화학 담당 조용장 선생님. 호락호락한 사람이 아니다. 부드러운 저음에 힘이 실린 목소리. 쌍꺼풀 없는 눈 속에서 투명하게 빛

나는 눈동자는 차가운 듯 따뜻하다. 비웃음이나 조롱이 보이지 않는 깊은 눈동자. 사십 대 남성임에도 꽤 맑은 눈동자를 가지고 있었다.

'깎여 나가는 영혼이라······.'

담임의 말은 자석 다트처럼 날아와 해일에게 척 달라붙었다.

"역시 담임 멋있어, 아, 용창느님!"

해일은 지란을 슬며시 보았다. 담임은 지금 전자수첩을 찾을 수 없다고 단언하고 나간 거나 다름없다. 그럼에도 지란은 담임을 찬양한다. 묘한 아이다. 후덕한 부모 밑에서 사랑만 받고 자란 게 분명하다, 고 해일은 생각했다.

"개나 소나 느님이야."

진오가 발을 까딱거리며 깐족댔다.

"넌 그 짝퉁 실내화나 좀 벗고 비웃어라."

"이게 어디서 내 명품 실내화를 비웃어!"

진오가 발을 앞으로 쭉 내밀었다. 이 년째 POP 글씨 반인 진오가 정성 들여 쓴 글씨로 만든 명품 튜닝 실내화였다. 발등에는 '*아르마니 By 아투마니*'라고 씌어 있었다.

"하긴 니가 진짜 아르마니를 신는다고 용창느님 필이 나겠냐."

"지금은 나처럼 나쁜 남자 시대야, 멍청아!"

"박진오 학생, 나쁜 남자하고 나쁜 새끼는 다른 거랍니다."

지란은 매우 교양 있게 충고하고, 급히 교실 밖으로 튀었다. 도둑맞은 전자수첩 따위는 이미 안중에 없는 듯했다.

"너 들어오기만 해 봐!"

텅!

진오가 던진 실내화가 교실 뒤 사물함에 정통으로 맞았다.

"시끄러워!"

반장 다영이 진오에게 주의를 주었다.

진오는 다영을 틱 째려보고 날아간 'by 아투마니' 명품 실내화를 주우러 갔다.

교실은 항상 시끄러운 듯 조용하고 조용한 듯 시끄럽다.

해일은 학교가 끝나자마자 집으로 달려와 옷을 갈아입었다.

"그새 또 어디 가냐?"

"병아리 부화시키려면 이것저것 필요해서."

까짓것 해 볼 생각이었다. 가족에게만은 늘 책임감 있고 성실한 아들이었으니까. 그러니 무언가를 숨기기 위해 둘러댄 말이 아니어야 했다.

"달걀은 슈퍼에서 산 걸로 된대?"

"그것도 되긴 한대. 근데 나는 제주도에 있는 농장에서 사려고. 거기 유정란이 부화율이 좋대. 인터넷으로 신청했으니까, 엄마가 내일 은행에서 돈 좀 부쳐 줘."

"그런 건 또 언제 알아봤대. 재밌긴 하다."

해일이 서둘러 신발을 신었다.

"너무 늦지 말어."

어머니는 현관에 서서 해일을 배웅했다.

키웠다기보다 혼자 자란 막내다. 맞벌이에 아버지 어머니는 하루가 멀다 당직과 야근을 했고, 해철은 해일이 유치원 때 이미 고등학생이었으므로 해일은 늘 혼자였다. 가족 모두 먼저 나간 집에서 혼자 유치원 버스를 기다리고, 돌아와 아무도 없는 집에서 식구들을 기다렸다. 어머니는 해일의 목걸이 열쇠만 생각하면 지금도 목이 메었다. 해일이 아무리 울어도 어쩌할 방법이 없었다. 친구 엄마가 어떤 맛있는 음식을 해 줬다고 쓴 일기는 목걸이 열쇠만큼이나 어머니를 힘들게 했다. 어머니 가슴에는 그 어린 해일이 여전히 자리하고 있다. 눈이 가늘어지게 피식 웃는 모습은 유치원 때와 똑같다. 어릴 때부터 손가락이 가늘고 손끝에 묘한 정기가 돌았다. 어머니의 손, 그것과 꼭 닮은 손이었다. 이런 해일이 병아리를 부화시키겠다고 한다. 그 모습이 그냥 예쁘고 기특했다.

지하철을 탄 해일이 시간을 확인했다. 신촌역까지 예상 시간 삼십 분. 갈아타는 노선이 없으니 큰 무리는 없었다.

지금 오고 있습니까?

전자수첩을 사겠다는 사람이 보낸 메시지다.

네 가고 있어요.

검정 점퍼에 나이키 흰색 하이탑 신고 있습니다.

알겠습니다.

해일은 가방에서 안경과 야구 모자를 꺼냈다. 민낯을 보이는 건 위험했다.

지하철역 출구에서 이삼 미터 떨어진 화장품 가게 앞에 남자가 서 있다. 삼십 대 초반. 면바지에 구김이 별로 없고 운동화도 깨끗하다. 인터넷 중고 시장을 노리는 장물아비나 궁상맞은 사람은 아닌 게 분명했다. 괜찮은 거래자다. 뒤가 구질구질할 염려가 적다. 그래도 해일은 남자에게 곧장 다가가지 않고 주위부터 살폈다. 역에서 끊임없이 올라오는 사람들 사이로 전단지를 돌리는 아주머니. 잘 꾸민 청년들 사이로 낡은 배낭을 메고 지나가는 할머니. 스치는 동시에 망각되는, 자신과 관계없으면 철저히 남이 되어 움직이는 곳이었다. 해일은 그제야 남자에게 다가갔다.

"안녕하세요."

"예, 안녕하세요. 중고 시장에서 오셨죠?"

남자가 해일을 맞았다. 그러면서 해일을 조심스럽게 살폈다. 푼돈 좀 아끼려다 귀찮은 일에 엮이면 서로 귀찮다. 인터넷이라는 바다에는 출처가 불분명한 물건들이 범람하고 있는 만큼 신중할 필요가 있었다.

"검색하다 우연히 봤어요. 좋은 물건인데 이렇게 싸게 팔아도 돼요?"

해일은 대답 대신 씨익 웃고 남자에게 쇼핑백을 건넸다.

남자는 쇼핑백 안을 살폈다.

"사용 설명서 없네요?"

"엄마가 박스 버릴 때 같이 버렸어요. 홈페이지에서 다운받을 수 있어요."

"중요한 건 아니니까 상관없어요."

남자는 한 걸음 물러났다. 방금 사 왔다고 해도 믿을 만큼 전자수첩 상태가 좋았기 때문이다. 없어도 되는 가지 때문에 나무를 포기할 순 없다. 자신은 물건을 받고 판매자가 요구한 금액만 지불하면 됐다.

"저장된 건 없죠?"

"다 포맷시켰어요."

"물건이 좋네요."

"백화점에서 산 거예요. 인터넷에서 산 거 아니에요."

해일은 아는 형 동생처럼 친근하게 웃었다. 혹시라도 스쳐 가는 누군가에게 이상한 모습으로 각인되면 안 되니까. 남자는 해일에게 봉투를 건넸다. 삼십오만 원.

"저 그럼 가 볼게요."

해일이 먼저 인사하고 지하철역으로 달려갔다.

'당신, 월척 낚은 거야.'

동네로 돌아온 해일은 곧장 은행으로 들어갔다. 전자수

첩 거래로 생긴 돈을 입금해야 했다. 돈이 생겨도 쓰는 방법을 모르고, 방법을 안다 해도 쓰고 싶지 않아 대부분 이렇게 입금시켰다. 이런 거래로 생긴 돈은 종이 통장 계좌 대신 온라인 통장 계좌를 사용한다. 그래야 종이 통장을 숨겨야 하는 번거로움이 없었다. 해일은 은행 입구 앞에 늘어선 ATM 기계 앞에 섰다.

입금할 금액을 확인해 주세요.

삼십오만 원.

확인.

ATM 기계가 초기 화면으로 바뀌었다.

은행을 나온 해일은 생활용품 가게로 들어갔다. 먼저 전구 소켓을 찾아 플러그 달린 220V용 전선에 연결했다. 그리고 전구를 끼운 뒤 계산대 옆에 있는 점검용 콘센트에 플러그를 꽂았다. 불이 들어왔다.

"조립 잘했네. 집에 달려고?"

옆에서 구경하던 주인 남자가 물었다.

"아니요. 부화기 만들어서 병아리 부화시켜 보려고요."

"그런 걸 집에서 하냐? 더 필요한 건 없어?"

"박스테이프랑 온도계도 필요해요."

"온도계는 저 안쪽으로 가 봐. 막대 온도계 있을 거다. 테이프는 내가 가져오마. 요즘 애들도 이런 걸 다 하는구나. 하하하."

해일은 순조롭게 장비를 마련해 생활용품 가게를 나왔다.

이제 넉넉한 크기의 스티로폼 박스를 구해야 했다. 해일은 해성 쇼핑 지하 시장으로 내려갔다. 시장 입구 정면으로 분식집과 생선 가게가 보였다. 어머니가 시장만 다녀오면 늘 입에 올리는 가게들이다. 생선 가게 남자는 손님이 주문한 오징어를 손질하고 있었다. 해일이 생선 가게 앞에 섰다.

"뭐 사러 왔니?"

남자가 오징어 내장을 쭉 잡아 빼며 물었다.

"스티로폼 박스 좀 구하려고요. 손님 먼저 드리세요."

"기다려 봐라."

남자는 손질한 오징어를 비닐봉투에 담아 손님에게 다가갔다.

"조금 있으면 오징어 값 오르니까, 지금 많이 드세요."

"요즘 안 오르는 게 뭐 있어요. 오르면 그만 먹어야죠."

"그랬다고 먹을 걸 줄이면 되나요."

"없는 사람이 먹는 거부터 안 줄이면 뭐부터 줄인대요. 하하하."

손님은 남자와 간단한 담소를 나누고 채소가 쌓인 곳으로 슬슬 걸어갔다.

"다 늦게 나왔으면 오징어나 빨리 사 갈 것이지. 쯧쯧쯧."

해일도 드디어 세상 모든 여자를 의심한다는 분식집 여자를 목격했다. 여자는 떡볶이에 어묵 국물을 한 국자 넣고 과격하게 뒤적거렸다. 남자는 그런 여자를 전혀 개의치 않고 해일에게 다가왔다.

"스티로폼 박스 필요하다고 했지?"

"네. 병아리 부화기 만들려고요."

"그걸 왜 만들어? 직접 부화시키게?"

"네. 성공한 사람 많아요."

"그래? 그럼 새거 아니어도 되겠네."

남자는 가게 안으로 들어가 박스를 골랐다.

해일은 남자를 기다리며 두 가게를 훑어보았다. 신선함이 생명인 생선 가게 좌판에는 얼음 깔고 누운 생선들로 가득했고, 바로 옆 분식집 좌판에는 화력이 생명인 순대, 어묵,

만두, 떡볶이가 죽 진열돼 있다. 어머니는 이 집에서 파는 해물 떡볶이는 절대 먹지 말라고 했는데, 생선 가게에서 팔다 남은 물 나쁜 해물로 만들기 때문이라고 했다. 하지만 해철은 생선 가게가 바로 옆에 있어 늘 싱싱한 해물로 만들기 때문에 해물 떡볶이는 꼭 이 집에서 먹어야 한다고 했다. 아버지는 떡볶이에 해물이 들어간다는 것 자체를 이해하지 못했고, 해일은 해물 떡볶이를 싫어했다.

"이만하면 되냐?"

남자는 박스를 들어 해일에게 보여 주었다.

너무 넓지도 않고 높지도 않아 마침 해일이 찾던 크기였다.

"네. 그 정도면 될 것 같아요."

남자는 박스를 물로 대충 헹구고 해일에게 주었다.

"꼭 성공해서 병아리 봐라."

"고맙습니다!"

해일은 비린내 폴폴 나는 스티로폼 박스를 들고 지하 시장을 나왔다. 집에서 어머니와 마주하면, "엄마, 해성 쇼핑 지하 시장 생선 가게하고 분식집 알지?"라는 말부터 해야 할 것 같았다

"이거 오징어 냄새가 너무 나는데 어떻게 없애지?"

"퐁퐁으로 씻어야지 뭐, 이리 내."

어머니는 해일에게서 오징어 박스를 받아 주방으로 갔다.

"나 잠깐 학교 홈페이지에서 숙제 확인하고 나올게."

"오냐."

해일은 인터넷 중고 카페로 들어가 '팝니다' 코너에 올린 글을 삭제했다.

종료.

비로소 완벽한 종료다. 몸에서 긴장감이 일시에 빠져나갔다. 무사히 끝냈다는 안도감보다 허탈감이 더 크다. 늘 그랬다. 모든 게 너무 쉬웠다. 지란도 잃어버린 전자수첩에 집착하지 않았고, 누구도 범인을 찾으려 들지 않았다. 찾으면 다행이고 못 찾아도 어쩔 수 없는 일……. 해일은 쉽게 번 돈은 쉽게 쓴다는 말과 달리 통장에 넣어 둔 돈을 함부로 쓰지 못했다. 개같이 벌어 정승처럼 쓴다지만, 여기서 개가 마구잡이로 물고 뜯고 훔쳐서 벌어들이는 미친 개를 뜻하는 게 아니니, 양심상 정승처럼 쓰지도 못했다. 그렇다고 21세기형 홍길동이 될 생각도 전혀 없으니, 그저 마땅히 쓸데가 없어 못 쓰고 있다는 게 맞았다. 해일은 일기장 파일을 클릭했다.

도둑

한글로 설정한 비밀번호를 입력하니 일기장이 열렸다. 단 하나의 일기가 저장된 일기장이다. 2010년 3월 2일. 고등학교 입학식을 했고 전날 진눈깨비가 내려 운동장이 축축한 날이었다. 축축한 기운이 교복에 스며 머리가 아픈 날이기도 했다.

'교복에서 휘발유 냄새가 나. 춥다…….'
그리고 그날, 일기를 썼다.

2010년 3월 2일
나는 도둑이다.
그러니까 사실은 누구의 마음을 훔친 거였다는 낭만적 도둑도 아니며, 양심에는 걸리나 사정이 워낙 나빠 훔칠 수밖에 없었다는 생계형 도둑도 아닌, 말 그대로 순수한 도둑이다. 강도가 아니니 흉기를 지녀서는 안 되며 사람을 해쳐도 안 된다. 몸에 지닌 지갑이나 가방에 손을 대는 소매치기 날치기도 아니다. 나는 거기에 있는 그것을 가지고 나오는, 그런 도둑이다.

자기소개 글 같기도 하고, 직업에 대한 맹세 혹은 작업 강령 같기도 한 일기였다. 해일은 일을 마치면 습관처럼 저 일기를 읽었다. 평계조차 댈 수 없도록 스스로를 단단하게 묶어 버린 일기. 누군가 정으로 내려치지 않으면 절대로 깨지지 않을 것 같은 일기였다. 해일은 일기장을 종료시켰다.

해일은 병아리 부화 카페에서 수집한 자료들을 다시 한번 살폈다. 이미 가정용 자동 부화기가 판매되고 있고, 해일은 그것을 살 만한 돈도 있었다. 하지만 자동이라는 게 마음에 들지 않았다. 기계가 알아서 온도와 습도를 조절하고 심지어 달걀을 돌리는 전란까지 한다. 간편한 부화 방법이지만 그렇게 하고 싶지 않았다. 이미 많은 사람이 자작 부화기로 성공시켜 홈페이지에 그 결과를 올리고 있었으니까.

"자동 부화기로는 이런 느낌 못 느낄 거예요."

"나도 해낸다."

이상한 오기였다. 그들이 느낀 설렘과 온기가 궁금했다. 끝내 성공해 역시 자신도 그들과 같았다고, 스스로 증명해 보고 싶었다. 예정대로라면 유정란은 내일 도착한다. 제주도에서 비행기를 타고 날아올 아이들을 집도 없이 맞이하면 안 된다. 해일은 생선 가게에서 얻어온 스티로폼 박스에 구멍을 뚫고 전구 소켓을 끼웠다.

"좋았어!"

플러그를 콘센트에 꽂자 불이 들어왔다. 스티로폼 박스 안에서 빛나는 불빛은 더 따뜻하고 밝아 보였다. 해일은 뚜껑 가장자리를 송곳으로 푹 찔러 구멍을 낸 뒤 유리 막대 온도계를 힘껏 꽂았다. 온도계는 못 박은 듯 저절로 고정됐다. 완성이다! 정말 단순한 원리의 부화기였다. 어쩌면 그리도 단순한지 과연 병아리가 부화될지 의심스러울 정도였다.

"아들, 뭐 해?"

"부화기 만들었어."

어머니는, 그의 이름을 불러 주기 전에는 다만 하나의 스티로폼 박스에 지나지 않을, 부화기를 빤히 보았다. 뚜껑에 온도계 하나 콕 박히고 전깃줄이 꼬리처럼 달린 박스다. 박스 밖으로 나온 둥근 소켓 때문에, 어떤 꼬리 긴 무모한 쥐가 온몸으로 박스를 뚫고 들어가다가 엉덩이에서 걸린 것 같았다. 이것이 정녕 부화기라는 그 거창한 장비인가.

"이게 참 그러네. 여기서 정말 병아리가 나온다니?"

"이 전구가 부화기의 온열 장치가 되는 거야."

해일은 허접한 부화기에 신뢰를 주기 위해 전문 장치를 떠올리는 말로 대답했다.

"병아리 나오기도 전에 우리 집부터 다 태우는 건 아니지?"

"박스에 직접 닿지 않아서 괜찮아. 잘 지켜볼게. 아버지하고 형은 오늘 늦네."

어머니 반응이 기대에 못 미치자 해일이 얼른 말을 돌렸다.

"아버지는 친구 만나고 온대고, 해철이는 연락도 없이 늦는다. 근데 해일아, 감정 설곈지 뭔지 그게 뭐라는 거냐? 대체 뭔 말인지 모르겠어. 연구는 언제 끝난다니?"

어머니는 감정 설계에 대해 들은 뒤부터 머리가 복잡했다. 해철이 군대에서 비밀리에 의학 공부를 해서 심리 치료를 하는 것도 아닐 테니, 식구들 눈치 때문에 대충 둘러댄 말은 아닐까 싶었던 것이다.

"아직 연구 중인 것 같고, 감정 설계는 나도 잘 모르겠어."

"뭐 하나 쑥 빠진 놈처럼 왜 그런다니. 점집은 아니겠지?"

"그건 아닐걸?"

어머니는 긴 한숨을 쉬며 침대에 털썩 주저앉았다.

해철이 감정 설계로 가족을 당황시킨 건 군대를 막 다녀온 뒤다. 어려서는 제법 영특한 구석이 있어서, 비범한 천재일지 모른다는 기대도 했다. 그 비범함이 어떤 곳에서 어떻게 나타날지는 몰라도 일단 믿고 보는 게 부모 아닌가. 하지만 제대 뒤 어머니 아버지는 생각을 달리해야 했다. 그 옛날 사람이 직접 가로등을 켜고 끄던 시절, 노상 얻어터지면서도 불을 켰다 껐다 하는 동네 바보형쯤으로 생각이 기운 것이다. 보통은 학기 중에 다녀온다는 군대도 굳이 대학을 졸업하고 가더니, 급기야 간혹 보여 주던 비범함마저 군대에 말뚝 박아 놓고 온 사람처럼 이상행동을 보였기 때문이다.

"감정은 잘 다스려야 해요. 질투나 시기가 지나치면 인격 살인으로 이어질 수도 있거든요. 저보다 잘났든 못났든 조롱하고 야금야금 씹죠. 그거 결국 둘 다 죽는 거예요."

군대에서 수류탄을 숨겨 와 "이 식당을 폭파시키겠습니다!"라고 위협하는 것에 준한 충격이었다.

"너 왜 그러냐?"

아버지가 살 떨리는 목소리로 물었더랬다.

"감정 분포가 잘못된 사람은 모든 기준이 자기인 줄 알아요. 그런 사람일수록 저만 잘 먹고 싶어 하죠. 같이 굶어 죽으면 죽었지 남 잘 먹는 꼴은 죽어도 못 보는 거예요. 감정 설계는 그런 사람이 제일 먼저 받아야 해요. 자기 무덤 자기가 너 싶게 파기 전에."

"뭐?"

"이제 밥 좀 먹자고요."

"이 새끼…… 이거 왜 이래?"

아버지가 해철을 객관적인 눈으로 볼 수 있게 만든 날이었다.

"천재가 아니었던 게야……."

어머니는 스티로폼 부화기를 바라보며 혼잣말을 했다.

# 3

악어 새끼

"초코파이 먹을 사람 덤벼라!"

진오가 초코파이를 책상에 내려놓았다. 어머니가 원플러스원 행사용으로 사 온 초코파이를 상자째 들고 온 것이다. 아이들이 체력장보다 더 빠른 기록으로 달려들었다. 상자는 누가 뜯었는지 모르게 뜯겼고 초코파이 열두 개가 순식간에 사라졌다. 초코파이를 가져온 진오도 겨우 한 개 챙겼는데, 뒤늦게 달려온 상근이 진오의 초코파이를 탐냈다.

"반만 줘라."

어쨌든 먹을 사람 덤비라고 소리친 건 진오 자신이다.

"한 입만 먹어."

상근이 기분 좋게 한 입 물자 마쉬멜로우가 주욱 늘어났다. 상근은 주둥이를 내밀고 마쉬멜로우를 쭉 빨아먹었다.

"왜 이렇게 더럽게 먹어!"

"친구끼리 어떠냐."

"니 주둥이는 살균된 주둥이냐? 침 좀 봐, 너 다 먹어 새끼야!"

초코파이를 가져온 진오가 한 입도 먹지 못하게 될 처지에 놓인 것이다.

"이거 먹어라."

해일이 진오에게 초코파이를 내밀었다.

"넌 또 언제 챙겼냐?"

"바로 뒤에 앉아 있으면서 못 챙기는 게 바보지. 먹어."

"바람직한 자식! 나눠 먹자."

진오는 초코파이를 반으로 잘라 해일에게 주었다.

지란은 해일을 빤히 바라보았다. 적당히 조용하고 적당히 호쾌하다. 미칠 듯한 존재감은 없어도 한번 눈에 익으면 계속 바라보게 만드는 스타일이다. 말도 살짝 느리고 움직임도 여유로워 보일 만큼 살짝 느리다. 그런 아이가 움직였다. 진오의 "덤벼라!" 신호에 반응한 아이들이 우르르 초코파이 상자로 몰렸고, 누군가 상자를 뜯었다. 진오 뒤에 앉은 해일도 앞으로 살짝 엎드려 손을 내밀었다. 그리고 자세를 똑바로 했을 때는 손에 초코파이가 있었다.

'…….'

묘한 속도였다. 부산스러움을 전혀 느낄 수 없는 움직임이라니. 우악스럽게 달려드는 아이들 속에서도 물 흐르듯 자연스럽고 빠르게 움직였다.

"너도 먹고 싶었냐?"

해일이 지란을 보고 물었다.

"어? 아니……."

"근데 왜 그렇게 봐?"

"니네가 생각보다 착한 것 같아서."

"진오가 가져왔는데, 저만 못 먹게 생겼잖아."

"그러니까 착하다고."

"그래도 너처럼 빤히 보는 애는 처음 봤다. 슬쩍 좀 봐라."

해일은 잠깐 소리 내어 웃고 특유의 미소를 지었다. 소리 없이 환하게 웃는 미소. 해일이 가끔 짓는 미소다. 상대에게 보이는 미소인지, 어떤 상황이 우스워 혼자 짓는 미소인지, 쉽게 가늠할 수 없는 미소였다.

'민해일…….'

적당히 상냥하고 적당히 시니컬하다. 그런 해일보다 감

정에 충실한 말을 마구 해대는 진오가 오히려 편했다. 적당함이 주는 묘한 경계막이다. 해일은 그렇게 모두에게 드러난 객관적인 사실만을 떠올리게 만드는 아이였다.

"혹시 민해일이라고 아니?"

"네."

"어떤 애야?"

"놀 땐 놀고, 공부할 땐 공부하고, 웃을 땐 잘 웃고⋯⋯."

이보다 더 애매한 소개가 있을까.

'여유!'

해일에게는 여유가 있었다. 우르르 달려오는 아이들과 다르게 전혀 우악스럽지 않았고, 팔이 움직이는 동선은 우아하기까지 했다. 단번에 착 펼친 부채처럼 초코파이를 척 잡아 여유 있게 뒤로 빠진 손. 부채는 너무 살살 펴면 부채가 어정쩡하게 펴져 오히려 우스꽝스럽다. 너무 힘주고 팍 펼쳐도 경박스럽다. 적당한 힘과 속도로 단번에 착 펼쳐야 부채와 주인의 기품이 살아난다. 묘한 기시감이었다. 순식간에 사라졌던 전자수첩 도난 사건. 전자수첩과 초코파이. 그 둘은 연결하는 것 자체가 우스웠지만, 지란의 몸이 비슷하게 반응했다. 그날 사물함을 볼 때와 같이 솜털이 스윽 일어선 것이다.

'에이, 말도 안 되지.'

전자수첩, 초코파이, 부채, 민해일. 아무리 생각해도 어색한 조합이었다. 지란은 머리를 벅벅 긁으며 책상에 엎드려 버렸다.

개인적인 사정으로 담임이 종례를 할 수 없다고, 반장 다영이 대신 전했다.

"아이, 그런 건 조회 때 미리 말해 줘야지. 그래야 수업 끝나자마자 바로 튈 거 아냐. 사람이 인간적이질 못해. 오늘은 이런저런 사정 때문에 종례를 못 할 것 같다. 이러면 좀 좋아?"

진오가 **by 아투마니** 명품 실내화를 툭툭 털며 말했다.

이래서 자리를 비우면 안 된다는 그 유명한 말이 있는 것이다.

"근데 9반 담임은 시험 잘 보라고 피자 쐈다는데, 우리 담임은 안 쏘나? 우리 반은 다과회 하려면 초등학생처럼 생일한 날로 몰아서 과자 한 봉지씩 가져와야 되는 거야? 아, 꽁생원 담임 지갑을 한번 열어야 하는데."

"니가 용찬느님힌데 쏘라고 해. 꼭 말만 저러지."

언제든 담임을 전후방에서 지원할 각오가 돼 있는 지란

이였다.

"담임이 쏜 피자 먹다 목에 치즈 걸릴까 봐 참는다. 인간미가 없어, 인간미가."

"난 용창느님이 사 준 거면 목에 잔뜩 걸려도 먹을 거야."

"먹어라, 잔뜩!"

진오는 픽 웃고 교실을 나갔다.

수업을 마치고 집으로 돌아가는 길은 늘 어둡다. 어둠에 길들여진 아이들. 지란도 예외가 아니었다. 어머니와 함께 가는 마트도 낮보다 늦은 밤에 가는 게 좋았다. 어둠 속에서도 균형을 잃지 않는 몸. 활동의 주 시간대가 낮에서 밤으로 자연스럽게 옮겨 가고 있었다.

띡띡띡띡.

지란은 열쇠의 비밀번호를 누르고 현관문을 열었다.

어머니가 큰 거울을 들고 현관에 서 있었다.

"엄마 집에 있었네. 문 앞에서 뭐 해?"

"오늘 교대 근무 바뀌는 날이잖아. 넌 학원 안 갔어?"

"안 가는 날이야. 엄마는 맨날 물어봐?"

"학원 시간 말고도 보강한다고 아무 때나 가니까 맨날 헷갈려."

"매니저처럼 착착 관리해 주는 엄마들도 많아."

지란 어머니는 병원에서 근무하는 방사선사다. 주로 2교대 근무인데 지란은 이상하게도 어머니가 야간 근무만 하는 것처럼 느껴졌다. 지란이 태어나기 전부터 방사선사였기 때문에 그런 생활에 익숙했지만, 어머니를 보면 일단 투정부터 부렸다.

"그건 감시지. 하여간 잘 왔어. 신발장에 거울 좀 달자."

"치이. 이건 갑자기 왜 달아?"

"신발장 맞출 때 문 한 짝은 거울 있는 걸로 해야 했어. 얼굴 한 번 보고 나가면 좋잖아. 좀 잡아 봐. 높이 좀 재자."

지란이 길쭉한 거울을 들고 신발장 앞에 섰다.

"조금 위로 올려."

"됐어?"

"너무 높아. 조금 아래로."

"팔 아파, 빨리 해."

지란 어머니는 사인펜으로 거울을 달 지점을 표시했다. 그리고 하이글로시로 된 신발장에 나사못을 박기 시작했다. 드라이버로 힘을 주고 돌렸지만 못이 자꾸 미끄러졌다.

"여기에 못이 박혀? 유리 아냐?"

"겉만 딱딱한 거야. 속은 나무라 몇 번 돌리면 들어가."

"그냥 아빠 오면 해 달라고 해."

"이런 건 원래 엄마가 했잖아."

지란 어머니가 피식 웃었고 지란도 슬며시 웃었다. 두 사람 다 뒤끝까지 유쾌한 웃음이 아니었다. 순간 지란은 해일의 환한 미소, 진오의 호탕한 웃음, 다영의 편안한 웃음 소리가 떠올랐다. 감정을 숨기지 않고 자연스럽게 우러난 웃음들이다. 곁에 있는 사람까지 절로 미소 짓게 만드는 그런.

"나 배고파."

"기다려, 아빠도 금방 오신대."

"그럼 이따가 불러."

"지란아."

"왜?"

"아빠가 요즘도 전화 자주 하니?"

아버지가 아닌 또 다른 아버지. 아버지가 없을 때만 하는 질문이며, 한 번도 정직한 대답을 한 적이 없는 질문이다. 왜 친아버지에 대해서는 솔직하게 말할 수 없는지, 지란 자신도 잘 몰랐다.

"전에는 가끔 하더니 요즘은 잘 안 하네. 바쁜가 봐."

"안부 문자라도 자주 보내라."

"……"

"밥 다 되면 부를게."

지란은 어머니를 보며 살짝 웃고 방으로 들어갔다.

지란은 침대에 벌러덩 누웠다. 하루 종일 초코파이와 해일이 머리에서 떠나질 않았다. 혹시 해일을 좋아하는 건가 싶기도 했다. 그렇다면 왜? 초코파이를 냅다 혹은 우아하게 잡았다고 끌려? 아니면 수줍은 듯 웃는 환한 미소? 그러나 지란의 이상형은 해일이 아니라 담임이다. 핵심을 콕 찌른 말을 툭툭 하는데도 밉지가 않다. 어느 한쪽으로 치우치지 않고 쓸데없는 애정 과다 현상도 보이지 않으며, 사실을 직시하는 담임은 지란이 가장 좋아하는 스타일이었다.

"지란아, 밥 먹자."

어느새 퇴근한 지란 아버지였다.

"아빠 언제 오셨어요?"

"이제 막 왔어. 너 배고프다고 엄마가 무조건 밥부터 먹으래."

지란은 아버지와 함께 주방으로 갔다.

"어서들 와서 식사해요."

지란 어머니가 식탁에서 두 사람을 맞았다.

지란 어머니는, 지란이 중학교 2학년 때 지금 남편과 재혼했다. 전남편과 헤어지고 이 년 만이었다. 지란에게 미리 선보였고, 지란도 남자가 나쁘지 않았다. 그리고 어머니는 젊었다. 어쭙잖게 "나는 이 결혼 반댑니다!" 하고 싶지도 않았다. 친아버지와 어머니가 이혼할 때처럼 담담히 받아들였다. 친아버지가 미워서 이혼에 찬성했고, 친아버지가 미워서 재혼도 찬성했다. 그러니까 미운 감정이라도 있는 게 나았다. 전혀 예상하지 못한 어느 날, 갑자기 이혼해 버린 부모의 자식보다는 나으니까. 자식의 좋다 싫다는 의견은 그저 의견일 뿐, 이혼 재혼의 결정은 어른들이 하는 거였다. 결과가 뻔하니 차라리 미우니까 이혼에 찬성하고, 좋으니까 재혼에 찬성한다고 하는 게 덜 비참했다. 그 과정에서 지란은, 어른들의 어떤 사과로도 치유될 수 없는 깊은 상처를 받았다. 순진하게도 자신이 이혼을 막을 수 있지 않을까 하는 생각도 했다. 몇 날 며칠을 울거나, 안 되면 죽어 버리겠다고 위협하면 이혼 같은 거 안 하겠지 싶었다. 그런데 그런 시도조차 할 수 없는 일이 먼저 벌어지고 말았다.

지란 어머니가 이혼 이야기를 꺼낸 며칠 뒤, 허가 사원 단합이라는 이유로 회사 사람들을 우르르 끌고 왔다. 무조건 상을 차리라며 일하는 지란 어머니를 막무가내로 불러들인 건 당연했다. 어린 지란이 척 보아도 알 수 있는, 너는 내 아내다, 라는 것을 다른 사람들을 통해 확인시키려는 유치한 행동이었다.

"허 과장은 그릇이 커서 큰 건 하나 해 낼 거야."

"허 과장님이 자상해서 가족들이 좋겠어요."

회사 사람들 앞에서 허는, 정말 자상해 보였다.

"허 과장님 같은 아빠가 있어서 넌 참 좋겠다."

허가 특별히 아낀다는 박 대리였다.

'그럼 당신이 함께 살아……'

이혼 이야기가 나오자마자 보란 듯이 회사 사람들을 데리고 온 허다.

'이혼? 웃기고 있네, 어디서 까불고 있어.'

분명히 그렇게 말한 눈빛이라고, 지란은 생각했다. 부부의 이혼 사유를 자식이 어찌 백퍼센트 알 수 있을까만, 그날 허의 행동과 눈빛은 지란이라도 헤어지고 싶게 만들기에 충분했다. 밖에서 미리 입을 맞추고 온 것처럼 어쩌면 그렇게 짠 듯이 허를 칭찬할까. 당신 굉장히 근사한 남자하고 살고 있는 거야, 알아? 차라리 그렇게 대놓고 말하는 게 나았다. 오랫동안 같이 일했으면 아무리 가식을 떨어도 어느 정도는 제대로 봐야 했다. 일로 만나는 사람이니 대충 칭찬하고 차려 준 밥이나 먹고 가면 그만이었나. 부디 그 헛된 칭찬을 다른 사람에게는 하지 말기를. 생각 없이 허의 그릇이 아주 크고 깊다고 떠벌렸다가는, 강물도 담아낼 만한 그릇인 줄 알고 저 꼭대기에서 멋지게 다이빙할 사람이 생길 수도 있을 테니. 뛰고 나서야 빈대떡 딱 한 장의 깊이라는 것을 깨닫고 만신창이로 찾아와 "니들도 한번 뛰어 봐, 개새끼들아!" 하면 어쩔 것인가. 그래도 친절한 박 대리는 허를 치켜세우기에 정성을 다했다.

"가장이 든든하니까 집도 이렇게 평안하네요."

"집사람이 나이만 먹었지 어린애 같아. 우리 딸하고 수준이 똑같다니까."

"남들은 일부러 자식하고 눈높이를 맞춘다잖아요. 하하하."

몹쓸 건 왜 그렇게 몸에 척척 잘 달라붙는지, 허가 지란 어머니를 무시하자 박 대리까지 덩달아 까불었다. 그날 지란은 깨달았다. 부부의 이혼은 자식이나 남이 막을 수 있는 게 아니라는 것을. 지란은 어머니가 급하게 부친 호박전을 상에 내려놓으며 박 대리를 보았다.

'병신……'

멀쩡한 사람 바보 만들고 킬킬대는 모습이라니. 간장 종지처럼 속 좁은 허의 이죽거림을 꾹 참고 있는 어머니가 귀한 꿀항아리처럼 보일 정도였다. 일하면서 계속 봐야 할 사람이 지란 어머니가 아니라 허라도, 그러면 안 됐다. 간장을 얻으려 꿀을 보지 못한 눈먼 인간. 꿀이 아닌 간장을 선택한 소박하기 짝이 없는 박 대리에게 박수를 보낸다. 짝짝짝. 그런데 세상 이치라는 게 또 그렇다. 간장이 아닌 꿀이 절실할 때가 있는 것이다. 장담컨대 박 대리는 꿀에 관한 어떤 상황이 닥쳐도 지란 어머니의 꿀은 단 한 방울도 얻지 못할 것이다. 그래도 다행이지 아니한가, 박 대리에게 꼭 맞는 조청이라는 것도 있으니.

"요즘은 학교에서 뭐로 인강 듣니?"
아버지가 물었다.
"MP3요."
"액정이 너무 작다면서."
"급한 것만 MP3로 들으니까 괜찮아요."
"그러면서 아빠 건 왜 달라고 했어?"
어머니가 핀잔을 주었다.
"그렇게 좋은 게 있을 때하고 없을 때가 같아?"
"지란아, 우리 빨리 먹고 들어가자. 엄마 잔소리 시작됐다."

"네."

지란은 아버지를 어려워하고, 아버지는 지란을 어려워한다. 다정한 듯 대화를 해도 척척 달라붙는 끈끈함이 없는 푸슬푸슬한 대화가 될 수밖에 없는 이유다. 전자수첩은 지란이 아버지에게 처음으로 마음 열고 투정 부리게 했던 물건이고, 다시 마음을 닫히게 한 물건이다. 차라리 따끔하게 혼이라도 났더라면 어땠을까. 지란은 어머니를 한번 보고 방으로 들어갔다.

"아들! 왔다 왔어."

어머니는 가방도 내려놓지 않은 해일에게 유정란을 보여주었다.

갈색빛은 여느 달걀과 같았지만 크기가 조금 작았다.

"빛깔 좋다. 이거 다 쓸 거냐? 오랜만에 날달걀 한번 먹어보자."

"다 안 써."

해일은 달걀 하나를 꺼내 어머니에게 내밀었다.

어머니는 이로 달걀 위아래를 톡톡 깨서 쪽 빨아 먹었다.

"맞다, 맞어! 옛날 그 달걀. 아이고 고소하다. 형하고 아버지도 좀 주자."

"넉넉하게 샀으니까, 엄마 마음대로 해."

"옛날에 외할아버지가 기운 떨어진다 싶으면 외할머니가 아침마다 날달걀을 드시게 했어. 항아리에서 하나씩 꺼내 주는데, 어린 마음에도 그게 얼마나 귀한지 아니까 몰래 꺼내지도 못했다. 지금은 달걀이라도 맘껏 먹으니 그게 어디냐."

어머니는 달걀 하나를 더 깨서 해일에게 내밀었다.

"너도 하나 먹어."

"난 날달걀 안 먹어."

해일이 손사래를 쳤다.

"입에 물면 지가 목구멍으로 쑤욱 들어가. 어여 먹어."

"안 먹는다니까. 비린내 나서 싫어."

"썩을 놈……. 너 진짜 안 먹을래?"

해일과 어머니가 달걀을 두고 티격태격하는 사이, 해철이 집으로 들어왔다.

"뭘 안 먹어? 내가 먹을게."

"그래 마침 잘 왔다. 이거 너나 먹어라."

"에계, 날달걀이네."

"너도 안 먹냐?"

"왜 안 먹어, 없어서 못 먹지."

해철은 해일 몫으로 껍데기를 깬 달걀을 쪽 빨아 먹었다.

"하나만 더 줘."

"이놈아는 뭐든 곱빼기지. 내일 먹어."

어머니가 달걀 팩을 숨기듯 옆구리에 차고 주방으로 갔다.

달걀을 가지고 방으로 온 해일은, 부화기 전구부터 켰다. 온도를 38도까지 올려야 했고, 습도를 위해 젖은 행주도 안쪽에 넣어 두어야 했다. 전등 밝힌 부화기는 주변을 환한 살구 빛으로 물들였다. 무심코 한 말 때문에 무작정 덤빈 일이었다. 너무 터무니없어서 그날 밤 침대에서 얼마나 한숨을 쉬었었나. 그렇게 시작된 일인데 막상 달걀을 넣으려니 가슴이 뛰었다. 부화기 온도 38도. 이제 입란이다! 당장 병아리가 나올 것처럼 설레고 벅찼다.

"동생 입란해? 잠깐 기다려. 엄마, 엄마! 달걀 들어가!"

문 앞에 서서 구경하던 해철이 어머니를 불렀다.

서둘러 달려온 어머니도 해일 옆에 섰다.

이제 해일이 부화기에 달걀만 넣으면 되었다.

"잠깐!"

해철이 입란을 막았다.

"왜?"

"스티로폼 이거 보온 효과 끝내주는 거야. 계속 전구 켜두면 온도 막 올라가."

"올라갈 때마다 뚜껑 열어서 조절하면 안 될까?"

"그러면 팍 내려가지. 커터칼 줘 봐."

해철은 해일에게 받은 커터칼로 뚜껑에 구멍을 냈다. 크기가 다른 다섯 개의 마름모꼴 구멍이었다. 어머니는 해철의 엉덩이를 팡팡 쳤다. 애써 지웠던 천재의 기억이 떠올랐고 형다운 의젓함이 기특했다.

"문제집 같은 걸로 일단 다 막고, 온도 봐서 몇 개씩 열거나 닫아."

그렇게 온도 조절용 구멍이 완성되고 나서야 입란을 할 수 있었다.

여섯 개의 달걀이 부화기 속에 나란히 놓였다.

"됐어, 얼른 뚜껑 닫아."

해철이 속삭였다. 이상했다. 입란 전에는 해철이 시끄럽게 뽁찍뽁찍 스티로폼을 잘라도 신경 쓰지 않더니, 입란 뒤부터는 모두 약속처럼 낮은 목소리로 속삭였다. 마치 이제 막 태어나 잠든 신생아를 곁에 둔 사람들처럼. 세 사람은 온도 소절용 구멍으로 안을 들여다보았다. 벌써부터 달걀이 꿈틀대는 것 같았다.

"저 맨 앞에 있는 놈은 움직이는 것 같지 않냐?"

어머니가 구멍에 눈을 바짝 대고 말했다.

"에이, 무슨 벌써 움직여. 박스가 움직였겠지."

"움직이는 것 같았는데……. 너무 더운 거 아니냐? 박스가 뜨겁다."

"39도까지는 괜찮댔어. 더 올라가면 구멍 다 열지 뭐."

"얘들이 진짜 나올까? 닭장도 만들어야 되는 거 아녀?"

워낙 머리를 맞대고 집중한 터라 누가 질문하고 누가 대답하는지 몰랐다.

"뭘 그렇게 열심히 봐?"

아버지가 세 사람 머리 사이로 얼굴을 불쑥 들이밀었다.

"어어억! 깜짝이야. 당신 언제 왔어?"

"놀라긴."

"여보, 부화기에 달걀 넣은 것 좀 봐."

어머니는 어제까지만 해도 부화기에 매우 심드렁했다. 그러나 입란된 부화기는 더 이상 어제의 그 부화기가 아니었다. 병아리 인큐베이터 급의 고급 장비였다. 아버지도 어머니와 머리를 맞대고 작은 구멍으로 달걀을 살폈다.

"좀 작아 뵈네?"

"그래도 씨 좋은 토종닭이래."

"어렸을 때 우리 엄니가 키우던 그런 닭은 아니겠지?"

"왜 아니여. 산에다가 막 풀어놓고 키운다더구먼."

"그려? 그럼 우리는 이것들을 어디다 풀어놓고 키울까?"

"베란다에 닭장 하나 만들지 뭐. 당신 못 만들어?"

"왜 못 만들어. 내가 아파트 관리만 몇 년인데. 그런 건 일도 아녀."

"그럼 댓 개 더 하라고 할까?"

"일단 이놈들 보고, 잘 되문 더 하라지 뭐."

자분자분한 대화를 나누는 아버지 어머니, 해일은 그 모습이 좋았다.

"아 맞다! 여보, 당신도 달걀 하나 먹어. 엄청 고소해."

"그럼 한번 먹어 볼까. 참기름 있지?"

"있지."

아버지 어머니는 호흡 잘 맞는 짝이 되어 주방으로 향했다.

"이봐 동생, 동생 방에서 나오는 빛 때문에 숙면을 할 수가 없어, 숙면을."

해일과 마주한 방을 쓰고 있는 해철이 이른 아침부터 투덜거렸다. 밤새 부화기를 뚫고 나온 빛이 해철의 방까지 환하게 만들었기 때문이다.

"오늘은 신문으로 잘 가려 놓을게."

해일이 부화기 온도를 확인하며 대답했다.

"방문 닫고 자문 되지, 왜 아침부터 시끄럽게 구냐?"

아버지가 문 앞에 배달된 신문을 가지고 들어왔다.

"저는 문 닫고는 깝깝해서 푹 못 자요."

"나는 니 인생이 깝깝해서 푹 못 잔다."

해철은 아버지가 휘두르는 신문을 피해 화장실로 들어갔다.

"저놈을 그냥. 빨리 나와, 나 급해!"

해철이 화장실 문을 한 뼘쯤 열었다.

"아버지, 경제면만 제가 먼저 보면 안 될까요?"

"아침부터 경제에 똥파리 나는 소리 하고 자빠졌네!"

해철은 경제면을 포기하고 화장실 문을 재빨리 닫았다.

아버지는 신문으로 화장실 문을 탕! 치고 해일의 방으로 들어갔다.

"조금 있으면 이놈들 살살 돌려 줘야 한다."

"수정되면 돌려 주래요."

"너무 자주 돌려도 안 돼."

"아버지는 그런 거 어떻게 다 아세요?"

"어렸을 때 집에서 닭 키웠잖아. 할머니가 그러더라. 어미닭이 그냥 품고 있는 게 아니라 계속 돌려 주는 거라고. 두어 개는 곤달걀이나 됐으믄 좋겠다."

"그게 뭐예요?"

"부화되다 말고 죽은 병아리. 맛있어."

"죽은 병아리를 왜 먹어요?"

"닭은 산 닭 먹냐? 병아리도 있었는데, 보통은 그냥 삶은 달걀하고 비슷했어."

일 끝나고 시장 바닥에 앉아 안주 삼아 먹었던 달걀이다. 간단한 끼니도 됐지만 부담 없이 편하게 먹을 수 있는 안주이기도 했다. 돌아보면 참 고되고 힘든 날이었다. 자식 놈 하나 이제 다 키웠나 싶었더니 생각지도 못한 해일이 태어났다. 시에서 운영하는 어린이집은 왜 그렇게 경쟁률이 높은지, 그냥 사설 어린이집에 보내는 것만도 벅찼다. 자신은 세대 수 적은 아파트의 승진 없는 만년 관리소장인 데다, 해일 어머니는 작은 가발 공장에서 힘겹게 일했을 때였다. 그때는 왜 그렇게 돈에 벌벌 떨었는지, 숙직실에서 곤달걀과 한두 잔씩 몰래 마셨던 소주가 유일한 위안이었다. 특히 일곱 살 된 해일이 유치원을 다닐 때, 그 어린 것을 종일 반에도 안 보내고 홀로 집에 있게 한 건 아직도 깊이 후회되는 일이었다.

"혹시 곤달걀 되문 너도 한번 먹어 봐, 괜찮어."

"안 먹어요!"

해일은 정체불명의 곤달걀에 기겁을 했다.

"뭔데요? 제가 먹을게요."

큰일을 마치고 화장실에서 나온 해철이 물었다.

"곤달걀. 해철이 너는 먹어 봤지?"

"뭔지는 아는데 먹은 기억은 안 나요. 아버지 화장실 쓰세요."

"너 어렸을 때, 나랑 같이 먹었어."

그랬다. 어린 해철을 데리고 시장에 앉아 곤달걀을 먹었다. 해일보다 더 혼자 자란 녀석이지만 타고난 성격이 밝아 어려도 친구 같은 아들이었다. 아버지는 신문을 들고 화장실로 들어갔다.

"야 이 자식아, 똥을 쌌으면 뽀뿌리를 뿌려야 할 거 아녀!"

"우리 집 남자들 다 깼구먼, 다 깼어."

베란다에서 파를 가지고 들어오던 어머니가 혀를 찼다.

"한꺼번에 씻는다고 또 싸우지 말고, 먼저 먹을 사람부터 얼른 와서 밥 먹어."

어머니의 말에 씻을 일도 나갈 일도 전혀 없는 해철이 가장 빨리 달려왔다.

"엄마, 나 밥 줘."

"그래, 먹어라……."

어머니는 머슴밥 같은 밥을 해철 앞에 내려놓았다.

따르르릉. 따르르릉. 따르르릉.

요란한 벨소리는 오래전 검은색 전화기를 떠올렸다. 지란이 허의 벨소리만 그렇게 설정했다. 휴대전화 액정에 허의 이름이 떴다.

허구동

밤 11시 59분. 몇 초 뒤면 12시다. 시간 따위 신경 쓰지 않는 사람이라는 거 알고 있지만, 짜증이 나는 건 어쩔 수 없었다.

"여보세요."

"지란아. 지란아."

술에 취한 목소리였다.

"왜."

"아빠가 전화했는데 왜가 뭐냐?"

"왜!"

"그놈은 집에 일찍 오냐?"

"왜?"

"너는 엄마 닮으면 안 돼……."

허는 혀가 꼬여 말도 제대로 끝맺지 못했다.

"왜. 왜. 왜!"

지란은 전화를 끊고 전원까지 꺼 버렸다.

"그때는 그런 구덩인 줄 몰랐지. 악어가 사는……."

지란 어머니가 그렇게 말했었다. 두 사람이 어떻게 만났고 어떻게 사랑했고 어떻게 결혼했는지는 중요하지 않았다. 그 과정에 지란은 없었고, 지금은 더 이상 부부가 아니니까. 왜 헤어졌는지 누구의 잘못인지 누가 더 미운지가 중요했다. 집에서는 웃지 않는 어머니와 늦은 밤 홀로 울어야 했던 자신. 지란은 그렇게 만든 사람이 허라고 생각했다. 어머니는 야간 근무를 하는 날이면 지란을 허에게 맡겼고, 허는 아홉 개들이 캐러멜에 지란을 맡겼다. 잠깐이면 된다고, 아홉 개 다 먹기 전에 올 거라고 했다. 부모가 없는 늦은 밤, 일곱 살 꼬마가 먹는 캐러멜은 전혀 달지 않았다. 허는 대담하게 지란을 데리고 다른 여자를 만나기도 했는데, 역시 손에 캐러멜을 쥐여 주는 것을 잊지 않았다. 어머니가 아닌 여자와 손잡고 있는 허를 보며 먹는 캐러멜 역시 달지 않았다. 초등학교 6학년 겨울 방학, 어머니가 이혼을 결심했다.

"늦어서 미안하다."

어머니는 이혼이 아니라 이혼이 늦은 것에 대해 사과했다.

지란이 아직 이혼이 뭔지 모를 때 했더라면 차라리 나았을까. 모르고 지나간 일은 없던 일이 되는 걸까. 순서대로라면 어머니는 이혼이 아니라 결혼하고 자신을 낳았다는 것부터 사과해야 하는 게 아닐까. 혼란스러워 어머니의 말에 어떤 대답도 할 수 없었다. 그리고 허는 그때부터 모든 미움의 대상이 되었다.

"엄마가 이혼녀 되면 넌 좋을 거 같냐?"

허가 말했고,

'미친 거 아냐?'

지란은 생각했다. 돌려서 말하는 거 딱 싫은데, 어머니와 지란을 생각하는 척하면서, 결국 자신은 이혼하기 싫다는 거였다. 차라리 어머니한테 무릎 꿇고 싹싹 빌 것이지. 제아무리 이혼 가구가 넘쳐난다고 해도, 그 가구에 들고 싶지 않은 게 자식의 마음이다. 대수롭지 않게 우리 부모님 이혼

했어, 하고 말하기도 쉽지 않다. 상처를 꾹꾹 누르고, 문제가 있었음으로 짐작하는 사람들의 시선을 물리치고, 그게 뭐 어때서, 이혼하는 거 처음 봐?라고 당당하게 말할 수 있는 배짱이 필요하다. 이제 곧 중학생이 될 지란에게는 매우 힘든 일이었다. 그 힘든 일을 하게 만든 허, 미울 수밖에 없었다.

"아빠도 남자다."

허는 그렇게 말했다. 그러나 지란에게 허는, 이미 남자가 아니었다. 수컷 악어였다. 아내를 놓친 악어가 딸의 뒤꿈치를 꽉 물고 있는 것이다. 지란은 애초에 늪에서 태어난 악어의 새끼였으니까.

"여보······."

"나는 당신이 누군지 모릅니다."

찾아온 허에게 지란 어머니는 그렇게 말했다. 기억을 초기화시킨 것이다. 모릅니다. 그 지독한 무대응. 허는 비로소 자신이 지란 어머니에게서 온전히 떨어져 나갔음을 깨달았다. 그러나 지란은 아니었다. 허와 지란의 관계는 당신을 모릅니다, 라고 해서 초기화될 관계가 아니었으니까.

중간고사를 앞둔 교실답게 오전 자율 학습 시간은 매우 조용했다. 벌써 2학년이니 1점의 내신도 허투루 볼 수 없는 까닭이다. 그렇다고 늘 이렇게 조용한 것은 아니다. 어느 날 어떤 분위기가 아이들에게 전달돼, 딸칵 볼펜 꼭지 소리마저 교실 전체를 울릴 정도로 단체 몰입 상태에 빠질 때가 있는 것이다. 누군가 복도에서 교실을 들여다보고는 "이 반, 뭐냐?" 하고 움찔 물러나게 만드는 단체 최면과도 같은 몰입이다. 오늘 10반 오전 자율 학습 시간이 꼭 그랬다.

부우우웅.

단체 최면을 깨우는 휴대전화 진동 소리였다.

지란이 메시지를 확인했다.

지란아 아빠야. 전화 좀 해.

지란은 휴대전화를 교복 주머니에 넣었다.

부우우웅. 이번에는 확인조차 하지 않았다.

부우우웅. 메시지는 계속 도착했다.

그 바람에 해일까지 지란의 휴대전화에 신경이 쓰였다.

또다시, 부우우웅. 지란은 마지못해 메시지를 확인했다.

언제 전화할래? 지금 쉬는 시간이지?

아빠 문자 확인 안 했냐?

아빠 아프다.

징그럽게 뻔한 스토리였다.

지금 수업시간이야 문자하지 마!

 지란은 빠르게 메시지를 보내고 전원을 꺼 버렸다.
 그때, 쉬는 시간을 알리는 종이 울렸다. 종소리는 수면 음악처럼 들으면 들을수록 눈꺼풀이 내려앉는 「소녀의 기도」다. 배꼽을 누르면 고개를 까딱까딱 움직이는 곰인형에나 딱 어울릴 것 같은 음악이었다.
 "우리 학교 종소리는 왜 이렇게 졸린 걸까? 아침부터 잠이 쏟아지려고 하네."
 지란이 스피커를 보며 낮게 중얼거렸다. 해일이 지란을 스윽 보았다. 지란은 종종 물음에 가까운 혼잣말을 한다. 앞자리 다영이 착각하고 대답을 할 때도 있는데, 그때마다 지란은 "뭐?" 하고 잠시 멍한 표정을 짓고 곧 이야기를 이어 갔다. 옆자리 해일도 얼결에 속으로나마 대답을 한 적이 꽤 있다. 누구를 지목하지 않고 툭 뱉는 물음 같은 혼잣말은, 듣는 순간 왠지 대답을 해야 할 것 같은 기분이 들게 했다.

'나는 급식 먹고 듣는 종소리가 제일 졸리더라.'

해일이 피식 웃으며 수학 교재를 챙겨 자리에서 일어났다.

"어디 가?"

지란이 물었다. 혼잣말이 아니라 해일을 똑바로 보며 물었다.

"수학 시간이잖아. 넌 안 가?"

"아, 맞다. 나도 가야지."

해일이 먼저 교실을 나가고, 지란도 교재를 챙겨 일어났다.

중급반으로 가는 지란의 발걸음이 무거웠다. 어젯밤부터 아침까지 줄기차게 도착한 허의 메시지 탓이다. 지란은 옆으로 획획 달려가는 아이들을 물끄러미 바라보며 걸었다. 그게 언제부터였을까. 차라리 허가 없었으면 했던 게. 아이들이 '우리 아빠'로 시작되는 이야기를 할 때마다 얼마나 부러웠었나. 심지어 "우리 아빠한테 혼나."라는 말조차 부러웠어댔다. 아이들이 아버지와 즐거운 한때를 보냈을 무렵, 지란은 허의 소름끼치는 혀 짧은 소리를 들어야 했다. 베란다 아파트 복도는 물론, 어머니가 바로 옆에서 설거지를 하고 있어도 상관없었다. 귀가 안 좋은 탓에 휴대전화 수신 소리를 매우 크게 해 두었다는 것조차 잊은 허였다. 대부분 어딘가로 놀러 가자고 했고, 어딘가 다녀와서 좋았다고 했다. 어떤 음식이 먹고 싶다고 했고 어떤 영화가 재밌다고 했다. 어머니가 아닌 다른 여자의 목소리가 그렇게 말한 것이다.

"누구랑 전화하는 거야?"

"영업부 동철이 형. 춘천에 들어가기로 한 게 잘못됐다고 난리다."

회사에 문제가 있어 보이는데 허의 표정은 지나치게 밝았다.

어머니가 씻고 있던 과도로 허를 찌를 수도 있겠다, 고 생각한 적도 있다. 아내의 야근이 문제가 아니라 딸을 봐야 한다는 게 문제였던 아비, 허. 뇌를 빼서 독한 락스에 스물네 시간 담갔다가 다시 넣지 않은 이상, 머릿속이 그토록 하얗게 텅 빌 순 없었다. 허세, 허세, 그리고 허세. 벼룩이 어쩌다 코끼리 등에 올라타서는 "내가 코끼리를 점령했다!"고 까부는. 어머니는 그런 허에게 더 이상 '내 아내'라는 타이틀을 사용하지 못하게 했다. 그리고 지란은 '내 아버지'라는 말을 스스로 금기어로 만들었다. 그럼에도 친구들이 말하는

'우리 아빠'라는 말은 왜 그렇게 부럽던지. 아버지의 전자수첩을 학교로 가져온 것도 그 때문이다. 그런 아버지를 둔 아이이고 싶었고, 학교에서만이라도 그런 아이이고 싶었다. 꾸덕꾸덕 질척한 아이, 싫었다.

"우리 아빠 건데, 내가 일주일만 쓰기로 했어."

새아버지가 처음부터 첫 아버지였으면 하기까지 삼 년이 걸렸다. 어떤 계기도 없었고 왜인지도 모른다. 어느 날 문득 새아버지가 그냥 아버지가 되어 가슴으로 쑥 들어온 것이다.

"아빠 전자수첩 내가 잠깐 쓰면 안 돼요?"

가슴이 저절로 열려서 부린 애교 섞인 떼쓰기였다.

"아빠도 아직 기능도 제대로 못 익힌 거야."

아버지가 장난꾸러기 같은 표정으로 지란의 말을 받았다.

"인강 못 들은 게 있는데, 학교에서 시간 날 때마다 들어야겠어요."

"딱 일주일이야. 주는 거 아니다. 알았지?"

"네!"

아버지는 전자수첩을 지란에게 내주었다. 그리고 전자수첩이 사라졌다. 일부러 잃어버린 게 아니라고, 아버지가 미워서 몰래 버린 건 더더욱 아니라고 말해야 했다. 그러나 그것이 오히려 아버지에게 '사실은 그래서 버린 거였구나.'로 오해될까 봐 제대로 된 사과조차 못 했다. 그래서 그냥 웃어 버렸다. 아버지와의 관계는 늘 뜻대로 되지 않았다.

지란은 종일 거의 멍한 상태로 9교시 수업을 마쳤다. '아빠 아프다.'는 허의 메시지가 자꾸 마음에 걸렸다. 아프지 않을 게 뻔했고, 집으로 오라고 할 테고, 가면 어머니와 아버지의 험담을 늘어놓다가, 결국 어머니와 함께 돌아오라고 할 테지. 지긋지긋하게 반복되는 유형인데 벗어날 방법이 없었다.

"야!야!오늘담임중대발표가있나봐엄청엄한얼굴로온다!"

앞문으로 달려 들어온 상근이 엄청나게 빠른 속도로 말하며 자리에 앉았다.

"뭐래? 주둥이에 스페이스바 고장 났냐? 띨 덴 띄고 말해 새끼야."

진오가 상근에게 말하기가 무섭게 담임이 들어왔다.

"앉자."

지란은 휴대전화를 책상 서랍에 반쯤 넣고 빠르게 메시지를 썼다.

오늘 학교에 일이 있어서 집에

지란은 여기까지 쓰고 담임을 보았다. 담임은 말없이 아이들을 둘러보고 있었다. 서둘러 다시 메시지를 쓰기 시작했다. 일단 '집에'라는 글자부터 지웠다.

오늘 학교에 일이 있어서 못 가.

허의 집을 자신의 집처럼 표현하고 싶지 않았다.
"시험 전에 피자 먹고 싶은 사람 있나?"
"오— 오!"
여기저기서 기대에 찬 탄성이 터졌다.
"네 명이 한 판은 먹을 테고, 우리 반 서른두 명이니까 모두 몇 판 필요하나? 이과반답게 누가 계산 좀 해 봐라."
"여덟 판이요!"
아이들은 당장이라도 피자를 먹을 것처럼 환호했다.
"너희가 종례를 그렇게 사랑하는지 미처 몰랐다. 어쨌든 미안하다. 식상한 핑계 같지만 아버님이 쓰러지셨어. 워낙 나이가 많은 분이라 서둘러야 했다. 다행히 결과는 나쁘지 않아. 그리고 나 그렇게 꽁한 사람 아니다. 하하하."

아이들의 환호성이 잦아들었다. 장난삼아 휘소리 한번 했던 진오의 표정은 순식간에 굳었다. 고2다. 특별한 전달 사항이 없다면 누구도 종례 따위 신경 쓰지 않는다. 전달 과정에서 문제가 있었던 게 분명했다. 상근이 진오를 스윽 보았다.

'좆됐다, 새끼야…….'

'내가 총대 멘다, 씨발놈아!'

상근과 진오는 살벌한 눈빛을 주고받았다. 그런데 분위기상 진오 하나 총대 메고 말 일이 아니었다. 자기들끼리 주고받은 하찮은 이야기가 담임 귀에 들어갔다. 유치하기 짝이 없는 일이었다.

"상담 시작한다. 전과 때문에 해야 할 일이었어. 벌써 시작한 반도 있고. 1번부터 32번까지 모두 한다. 번호순은 아니니까 상담할 사람은 조회 마치고 신청해. 수업 끝나고 할 테니까. 기간 정해진 거 아니니까 각자 편할 때 신청하면 돼. 내일부터 시작하자. 그리고 피자는 시험 끝나는 날 쏜다. 마치자."

"감사합니다!"

늘 그렇듯 담임은 '할 말 다 했다.' 식으로 곧장 교실을 나갔다.

누가 봐도 웃자고 한 소리였고, 담임 귀에 들어갔대도 반 전체가 상담할 만한 일이 아니다. '담임 우리한테 너무 소홀한 거 아니냐?'가 '담임새끼 우리 좆나게 무시하는 거야.'로 전달되지 않은 이상 이런 일이 벌어질 수는 없었다.

"와 씨발 쪽팔려. 대가리에 총 맞고 초딩된 새끼 누구야?"

진오가 살벌한 눈으로 교실을 둘러보았다.

"너 쪽팔린 건 알겠는데, 어떤 순진한 새끼가 '어, 나야' 하겠냐?"

담임의 등장을 띄어쓰기 없이 전달했던 상근이다.

"나 참 어이없어서. 이제부터 내가 종례하고 내가 피자 쏜다. 담임 알바야, 또 가서 찔러라. 박진오가 담임 좆나게 어이없어서 대신 담임한다고 했다고."

"하하하하!"

아이들이 웃었다. 말도 안 되는 상황에 웃을 수밖에 없었던 것이다.

"박진오, 너 힘들면 내가 가끔 보조교사 할게."

지란이 진오를 거들었다.

"고맙다, 허시란. 알바 하나 때문에 반 전체가 교사 되는 날이 멀지 않았다."

그때 다영이 자리에서 일어났다.

"니들은 아직도 담임을 모르냐?"

아이들이 일시에 다영을 바라보았다.

"유치하게 알바가 뭐냐? 내가 말했다. 종례는 무사히 마쳤고, 피자 한번 쏘는 게 어떻겠냐고. 니네가 은근히 담임 좋아한다고 했더니 킬킬 웃더라. 기분 좋아서 쏘는 거야. 내가 총대 멘 거니까 박진오 너는 오버하지 말고, 피자나 실컷 드셔!"

"야 씨! 한 사람 한 사람 뚫어지게 보는 거 못 봤어?"

"괜히 멋쩍어서 그런다니까. 상담해 봐. 일대일로 얘기하면 담임 은근히 순진해. 잘하면 치킨도 얻어먹을 수 있을걸? 하하하하."

지란은 다영을 슬며시 보았다. 두 사람은 고1 때도 같은 반이었다. 다영은 날 때부터 반장이었을 것 같았는데, 역시 초등학교 때부터 반장이었다고 했다. 지란은 늘 궁금했다. 저 믿음직한 웃음은 어디에서 나오는 것일까. 혼자 만들어 낸 건 아닐 텐데. 오랫동안 관계했을 가족과 친구들 그리고 또 어떤 사람들……. 학기 초 반장 투표에서 일등을 하고도 다영에게 양보한 건 그 때문이다. 다영만큼 아이들을 편하게 대할 자신이 없었으니까.

"하긴 담임이 좀 까끌해도 추잡한 스타일은 아니지."

진오는 그제야 마음이 놓였는지 다영의 말에 동의했다.

"알바가 있어도, 종례하고 피자가 고2한테 까일 아이템이냐?"

"근데 상담은 왜 갑자기 튀어나온 거야. 그것도 반장 니 아이디어냐?"

"어차피 할 거라잖아. 담임 귀엽지 않냐? 얼굴만 근엄해."

"용창느님 귀여운 거 이제 알았냐? 말하면서 살짝살짝 웃을 때 끝내준다."

지란이 뒤질세라 용창느님을 찬양했다.

"너희 둘 귀엽다."

해일이 다영과 지란을 번갈아 보며 말했다.

"뭐?"

"하하하하! 나 먼저 간다."

해일은 눈이 일자가 될 정도로 환하게 웃으며 교실을 나갔다.

띵동.

지란은 열쇠를 가지고 있지만 초인종을 눌렀다. 손님으로 왔다는 것을 강조하기 위해서였다. 그러니 누군가 현관문에 붙여놓은 음식점 안내 책자도 뗄 생각이 없었다. 손님은 그런 것을 떼지 않는다. 오고 싶지 않았다. 지란이 한 번 더 초인종을 눌렀지만 여전히 대답은 없었다. 돌아가자, 돌아가자……. 지란은 현관문을 툭툭 찼다. 그러다 결국 열쇠로 문을 열었다.

거실 구석에 있는 빨래 건조대에 빨래가 겹겹이 쌓였다. 허는 베란다 천장에 달린 건조대를 사용하지 않는다. 거실에 둔 건조대에 대충 얹어 놓는데, 표백제나 섬유유연제를 넣지 않아 빨래에서는 늘 세제 냄새만 났다. 빨았을 게 분명한 와이셔츠의 목과 팔목에는 찌든 때가 여전했고, 바지는 구깃구깃했다. 지란은 허에게 전화를 걸었다. 다녀간 흔적을 남겨야 한동안 잠잠한 사람이니까.

"집에 없네."

"오늘 못 온다며?"

"오라며!"

"얼른 갈게."

"됐어, 갈 거야. 좀 있으면 시험이야."

"그럼 다음에 와. 아참! 아빠 손님이랑 가니까, 빨래 좀 개 놓고 가라."

"어떤 손님?"

"있어."

"여잔가 보네."

"니 엄마는 아예 딴 놈하고 살잖아."

"끊어."

지란은 빨래를 내동댕이치고 집 안을 둘러보았다. 이사라도 하지. 허가 이 집에 누구를 데리고 오든 상관없다. 단지 어머니와 자신이 쓰던 가구와 가전제품, 게다가 식기마저 다른 여자가 쓴다는 게 기분 나빴다. 어머니에 대한 예의도 아닐뿐더러, 그다음 어느 여자에 대한 예의도 아니다. 이 집이 무슨 청와대라고 새로 들어올 안주인에게 고이고이 물려줘야 한단 말인가.

"너 그렇게 자신 있으면 몸만 나가."

"다, 버려······."

허가 그렇게 말했고, 지란 어머니는 그렇게 대답했다. 합의해 준 것만으로도 감사한 줄 알라고 했던 허다. 지란 어머니는 진심으로 그것에 감사했다. 마지막을 조용히 끝내줘서 이제 밉지도 않다고. 세 개의 방과 거실과 주방, 심지어 베란다까지 그때 그 물건들이 여전히 자리하고 있다. 지란은 안방 장롱에서 어머니가 아닌 다른 여자의 속옷과 생리용품을 보았고, 자신의 침대 옆에 놓인 재떨이를 보았다. 모두,

태워 버리고 싶었다. 허가 버리지 않는다면 다 불살라 버리고 싶었다.

"씨발······."

지란은 집을 나왔다.

현관문은 잠그지 않았다.

불을 가진 누가, 들어가길 바랐다.

입란한 지 일주일째, 첫 검란일이다. 그동안 해일은 부화기 온도를 38도에서 39도로 유지했고, 행주에 물이 마르지 않도록 세심하게 신경 썼다. 그리고 미리 한 뼘 길이의 원통 파이프와 파이프 속에 쏙 들어갈 막대형 손전등도 준비해 두었다. 오늘, 달걀 스스로 자신의 생명을 증명할 것이다. 이제 검란이다. 해일이 달걀 하나를 들었다. 부화기 안의 온도 때문인지 생명이 가진 온도 때문인지, 달걀은 따뜻했다.

"하아."

방의 불을 끄고 달걀을 원통 파이프에 올렸는데, 얼마나 긴장했는지 숨이 툭툭 끊겼다. 원통을 통과한 빛을 흡수한 달걀은 근사했다. 그러나 안타깝게도 수정체는 보이지 않았다. 까만 점 같은 것이 있어야 했다.

"아들, 문 닫고 뭐 해?"

어머니가 방문을 열고 물었다. 방 안은 스티로폼 부화기를 뚫고 나온 살구색 불빛으로 가득했다. 해일은 간접조명처럼 은근한 빛을 내고 있는 부화기 앞에 서 있었다.

"검란해. 수정이 됐나 안 됐나 달걀 속을 봐야 하거든. 근데 부화기 불빛 때문에 잘 안 보여. 아주 깜깜해야 하는데."

"그럼 다른 방에 가져가서 해라."

"동생, 검란해? 그런 거사를 혼자 하기냐!"

검란이라는 말을 들은 해철이 해일의 방으로 들어왔다.

"부화기 불빛 때문에 그러는데, 형 방에서 하면 안 될까?"

"애들 데려와라."

해철이 먼저 자신의 방으로 건너가 검란 준비를 했다. 해일은 수건을 깐 쟁반에 달걀을 담아 왔고, 어머니는 손전등과 파이프를 들고 왔다.

"아이고 방 좀 치우고 살아라, 곰팡이 피겠다."

책 위에 책, 가방 위에 가방, 옷 위에 옷, 수건 위에 수건, 양말 위에 양말. 마치 그런 규칙을 가진 방처럼 발 디딜 틈 없이 너저분했다. 해철은 물건들을 대충 옆으로 밀어 놓고 공간을 마련했다.

"다음에 치울게. 해일아, 니 방문 닫고 와. 엄마는 밖에 불다 꺼 주고."

해철이 진두지휘하고, 해일과 어머니가 충실하게 따랐다.

"해일아, 두루마리 휴지 가져와. 파이프는 위험해. 실수로 탁 쳐 봐, 아찔한 일 벌어진다."

해일은 화장실로 달려가 휴지를 가져오면서, 카메라도 챙겼다.

해철은 늦은 밤임에도 커튼을 쳐서 혹시 모를 밖의 빛까지 모두 차단했다. 완벽한 어둠. 모든 준비가 끝났다.

"이제 시작합시다. 해일아, 하나씩 올려."

해일이 두루마리 휴지 한가운데에 달걀을 올리자, 해철이 휴지심 속으로 길쭉한 손전등을 넣었다. 휴지심을 통과한 빛을 받은 달걀은 까만 하늘에 떠 있는 보름달처럼 빛났다. 달걀 껍데기 둘레에 빛 무리까지 진. 빛 무리 환한 보름달 같은 달걀, 보기에는 아름다웠다. 그러니까 보기에만 아름다웠다는 것이다. 안타깝게도 정작 중요한 수정체가 보이지 않았다.

"아무것도 없네."

해철은 방향을 돌려가며 달걀을 확인했다.

"불을 잘못 비춘 거 아냐?"

"이 속에서 어떻게 잘못 비추냐? 이건 안 됐어. 옆에 두고 다른 거 올려."

해일은 작은 보름달 같았던 첫 번째 달걀을 옆에 두고 두 번째 달걀을 올렸다. 그러나 두 번째 역시 보름달을 꿈꾸는 달걀이었다. 껍데기에 거뭇거뭇한 부분까지 선명하게 보여, 달 표면까지 보이는 망원경으로 바라본 보름달 같다는 점에서 앞의 것과 차이가 있었다.

"뭐가 잘못됐나? 내가 비춰 볼게. 형이 들어 봐."

해일은 속상했다. 달걀의 따뜻한 온기가 생명의 온도이길 바랐던 것이다. 이제 손전등을 해일에게 넘긴 해철이, 세 번째 달걀을 휴지심에 올렸다.

"이건 묵직한데? 쟤네하고 느낌이 달라."

해일은 손전등을 달걀과 최대한 가깝게 했다.

"있다!"

누가 먼저랄 것도 없이 동시에 소리쳤다. 성공이다! 달걀 속에 검은 알맹이가 있었다. 수정에 실패한 달걀은 빛을 껍데기 밖으로 통과시킨 것에 비해, 수정된 달걀은 빛을 모두 흡수해 빛 무리도 지지 않았다. 빛마저 품어 버린 수정란. 달걀 주제에 보름달을 꿈꾸던 앞의 두 개와 달리, 작은 병아리를 꿈꾸는 소박한 달걀이었다.

"스티로폼에서 병아리가 나왔다면 누가 믿겠냐. 하이고,

저놈아를 어쩐다니."

생명을 품어 봤던 어머니는 수정란이 그저 대견했다.

"다른 것도 빨리 하자. 애들 춥겠다."

해철은 일단 연필로 수정란에 세모 표시를 해 두었다.

"잠깐 사진 좀 찍고."

해일은 부화되는 과정을 처음부터 사진으로 남겼지만, 오늘처럼 설렌 적은 없었다. 작은 수정체까지 나와야 하니 흔들림 없이 잘 찍어야 하는데 자꾸 손이 떨렸다.

"동생, 나도 한 방 부탁해. 엄마, 이리 와."

팡!

깜깜한 밤, 달걀을 앞에 두고 모자가 사진을 찍었다.

어머니와 해철은 카메라 액정으로 사진을 확인했다.

"눈에 레이저 봐라. 우리 눈으로 검란하냐? 너 저기 서 봐."

해철이 카메라를 건네받았다. 그리고 해일을 찍었다. 여간해서는 사진 찍기를 싫어하는 해일이, 오늘은 기분 좋게 활짝 웃으며 찍었다.

"내 동생 잘생겼다."

해철은 사진을 찍고 카메라를 해일에게 다시 넘겼다.

"엄마랑 내가 할 테니까, 넌 사진이나 찍어."

나머지 달걀도 검란에 들어갔다. 혹시라도 못 보고 지나칠까 봐 열심히 관찰했지만, 수정에 성공한 달걀은 두 개뿐이었다. 여섯 개 중 네 개는 보름달을 꿈꿨고, 두 개만이 병아리를 꿈꾼 것이다. 어쨌든 성공한 게 있다는 게 신기하고 좋았다.

"하마, 어떻게 여기서 병아리가 나온다니."

봐도 봐도 신기한 일에 어머니의 감탄이 끊이질 않았다.

"불 다 끄고 귀신처럼 뭔 짓거리여?"

아버지가 흠칫 놀란 얼굴로 문 앞에 서 있었다. 까만 밤, 달걀을 중심으로 머리를 맞대고 앉아 있는 세 사람……. 달걀귀신을 불러내기 위해 분신사바를 외치는 사람들 같았다.

"수정됐는지 검란 중이었어요. 두 개 성공했어요."

해일 목소리에는 자랑스러운 듯 힘이 들어가 있었다.

"그려?"

아버지도 방으로 들어와 달걀 앞에 앉았다.

"어딨어, 병아리."

"아직 병아리는 아니고요, 여기 까만 게 수정된 거예요."

"그게 그거지. 두 마리 됐다고?"

"예."

"두 마리문 먹을 만하지 뭐."

아버지는 벌써부터 수정란을 배부르게 바라보았다.

"이렇게 이쁜 애들을 어떻게 먹으까······."

어머니에게 수정란은 삐악대는 병아리와 다를 게 없었다.

"이쁘기는, 닭 첨 먹어?"

"사다 먹는 닭하고 우리가 낳은 애들하고 같어?"

"뭘 우리가 낳아? 닭은 그냥 닭이여."

"사람 참 인정머리 없다."

같은 수정란을 두고 다른 곳을 바라보는 아버지 어머니가 큰소리를 내기 시작했다. 해철은 두 사람의 대화 속으로 게릴라처럼 침투했다.

"아버지, 한 마리는 후라이드 한 마리는 양념, 어떠세요?"

"아녀. 토종닭은 백숙이 최고여."

"그런데 식사 안 하세요?"

"아, 그렇지. 여보 나 밥 줘."

손전등을 턱 아래 두고 아버지를 보는 어머니, 분신사마에 성공한 듯했다.

"고기 집에 갔다며 왜 이 밤중에 밥을 찾어? 냉면이라도 먹었을 거 아녀!"

"거기는 냉면 안 팔어."

아버지는 스윽 일어나 방을 나갔다.

"희한한 양반이여, 밥은 왜 꼭 집에서 먹는대. 일찍이나 오든가. 해철이 너는 왜 가만히 있는 사람을 부추겨서 밥을 먹으라고 해!"

"애들 빨리 부화기에 넣어야겠다. 춥겠어."

해철은 쟁반에 달걀을 담아 얼른 해일의 방으로 건너갔다.

"저, 저…… 아주 둘이 똑같지."

이제 해일의 집에서만 집중 실시되었던 등화관제 훈련은 끝났다.

4

거울

"오늘은 6번 19번 23번이네. 상담 속도가 빠르다. 이대로라면 이번 주 안에 다 끝날 것 같아. 급할 것도 없는데 왜들 그렇게 서둘러 받는 거냐? 아무튼 세 명은 연구실로 와. 순서는 너희가 정하고. 끝내자."

"감사합니다."

담임이 교실을 나갔다. 그 뒤를 6번 19번이 따라 나갔다. 23번 지란은 제일 마지막에 상담할 생각으로 아직 교실에 남았다.

"너 오늘 상담이냐?"

진오가 옆으로 삐딱하게 앉아 물었다.

"응."

지란이 바비 인형 전용 같은 작은 빗으로 앞머리를 빗으며 대답했다.

"담임 상담할 때 포스 죽인다! 나 삼 분만에 끝났잖아."

"뭘 상담했는데 삼 분밖에 안 걸려? 담임이 피자 건 안 물어?"

"물어보면 피곤하겠다 싶었는데 안 묻더라. 그것 말고는 할 말도 없었어. 근데 그냥 나오기 뭐해서 대충 전과나 물었지."

"전과 얘기는 시간 좀 걸리지 않냐?"

지란의 물음에 진오는 그날 상황을 1인 2역으로 재연했다.

"전과하면 힘들까요?"

"따라잡아야 할 문과 과목이 있을 테니 힘들겠지. 생각 중이냐?"

"이과 오니까 공부 잘하는 애들이 많아서요. 하하하."

"이과 왜 선택했는데?"

"그냥 수학이 좋아서요."

"멋있네, 좋아서 선택할 줄도 알고."

"멋있긴 한데요, 잘 파고 든 건진 모르겠어요."

"싫은데 판 것보다는 나을 거다. 지금 성적 나쁘지 않으니까, 그럼에도 불구하고 바꿔야겠다는 생각이 강하게 들면 바꿔라."

"네."

"다른 건?"

"없습니다."

"가 봐."

재연을 마친 진오가 어깨를 들썩했다.

"그러면서 씨익 웃는데, 아씨…… 뭐라고 해야 하나. 믿음이 가는 것 같기도 하고 안 가는 것 같기도 하고, 바꾸라는 것 같기도 하고 바꾸지 말라는 것 같기도 하고, 나한테 호감이 있는 것 같기도 하고, 아닌 것 같기도 하고. 완전 같기도 담임이야."

"너도 드디어 용창느님 매력에 빠진 거야."

"용창느님 같은 소리 하고 있네. 같기도 님이라 불러 주마!"

"웃겨. 아, 매직 다 풀린 것 같아."

지란은 앞머리를 부쩍 신경 쓰며 교실을 나갔다.

"빗으나 안 빗으나 똑같은데, 쟨 왜 맨날 빗나 몰라."

6번 19번 상담이 끝나고, 23번 지란의 상담이 시작됐다.

"앞머리 빗었니?"

"네. 어떻게 아셨어요?"

지란이 씨익 웃었다. 역시 담임은 무딘 진오와 달랐다.

"하도 차분해서 물어본 거야."

"아참, 제 전자수첩 신경 쓰지 마세요. 새아빠 거였는데 별로 안 혼났어요."

"그랬구나."

어찌나 덤덤하게 대답하는지, 지란은 담임이 '새'라는 말을 못 들었나 싶었다.

"그런 거 있잖아요. 결정적인 부분에서는 서로 큰소리를 못 내는 거요."

"따끔하게 혼나길 바랐나 보네?"

"별로 안 혼나서 서운하긴 했는데요, 막상 혼났으면 새아빠라 그런다고 욕했을지 몰라요. 제가 좀 그렇거든요. 하하하."

"추측은 추측으로 끝내야지 그걸 기정사실로 받아들이면 곤란하다. 그런 아버님이라면 친딸한테두 크게 화내지 않았을 거야. 그런데 네가 훔친 경우라면 아주 독하게 혼나야 할 거다. 그런 경우에도 괜찮다 하시면 그땐 나하고 심각하게 상담해 보자."

지란이 빙긋 웃었다.

"선생님, 저 궁금한 거 있어요."

"뭔데?"

"결혼하셨죠?"

"한 적 있다."

"아…… 그럼 아이는요?"

"아이는 없었어."

"지금은 누구랑 살아요?"

"혼자 살아."

"혹시 선생님도 거실에 빨래 널어요?"

"베란다에 널어."

"빨래할 때 표백제나 섬유유연제 같은 거 쓰세요?"

"써. 집에서 빨래는 네 담당이냐?"

"아뇨. 안 쓰는 사람을 알아서요."

"나도 전에는 귀찮아서 안 썼어."

"선생님은 벽이 있는 것 같기도 하고, 없는 것 같기도 하고 좀 그래요."

지란은 자신도 모르게 진오의 같기도 그룹에 합류했다.

"벽…… 그거 쌓을 녀석한테는 쌓고 안 그래도 될 녀석한테는 안 쌓는다."

"학생들 가리는 말처럼 들려요."

"가려."

"아…… 네."

지란은 움찔했다. 직설적인 거 알았지만 이 정도일 줄은 몰랐다.

"더 하고 싶은 말 있니?"

"아뇨."

"그럼 가 봐. 늦었는데 고생했다."

"안녕히 계세요."

오로지 허 때문이었다. 지란은 부부가 헤어지면 무조건 남자를 먼저 탓했다. 새아버지에게도 마찬가지였다. 전 부인한테 얼마나 함부로 했으면 이혼까지 당했을까. 그러니까 아들도 어머니를 따라갔겠지. 부부가 헤어졌다기보다 한쪽이 당했다, 에 더 집착한 것이다. 허와 어머니가 합의이혼을 했어도, 지란이 보기에 허가 이혼을 당한 것이고, 그렇게 당해야 했다고 생각한 때문이다. 그런데 자신이 좋아하는 담임도 이혼을 했다. 새아버지 말처럼 보내야 할 사람이기에 부인을 보낸 것일까? 새아버지 때문에 담임을 믿는 것인지, 담임 때문에 새아버지를 믿게 된 것인지는 모른다. 어쨌든 지란이 더 이상 이혼한 남자들을 허와 함께 모두 싸잡아 '당한' 남자로 취급하지 않게 되었고, 이혼은 부부가 헤어지는 것이지 누구 한 사람이 당하는 게 아니었다는 걸 깨달은 순간이었다.

며칠 뒤 해일의 상담이 시작됐다.
"이제 상담도 다 끝나 가는구나."
"별로 상담할 게 없어서 늦었습니다."
"뭐 재밌는 이야기 없을까?"
"음…… 저 요즘 유정란 부화시키고 있어요."
"그래? 잘 되고 있어?"
"십구 일쨰인데, 여섯 개 중에 두 개 수정됐어요. 나머지는 실패한 것 같아요. 그래도 부화기에 같이 넣어 뒀어요. 못 빼겠더라고요."
"어디다 부화시키고 있는데?"
담임은 해일을 뚫어지게 바라보았다. 고2 남학생과 병아리 부화다. 해일은 재료를 구해 직접 부화기를 만들고 부화 과정을 지켜보고 있다고 했다. 흔하지 않은 일이다. 어느 순간 당연하게 음식으로만 보게 된 달걀, 평범한 남학생이라면 더욱 그렇게 볼 일이었다. 그런데 해일은 달걀에서 병아리를 보았다. 해일이 웃었다. 천진하고 환한 미소였다.

"왜 그걸 할 생각을 했어?"

"엄마가 고구마 줄기를 유정란 상자에 넣어 오셨는데, 그날 갑자기 꽂힌 거죠 뭐."

"공부 안 하고 그런 거 한다고 부모님은 뭐라고 안 하셔?"

"그런 걸로 뭐라고 안 하세요. 나중에 아버지는 백숙, 형은 후라이드 하나 양념 하나 해서 먹는대요."

"하하하하하. 하하하하!"

담임은 연구실이 떠나가도록 웃었다. 고구마 줄기와 병아리, 그리고 백숙……. 이 소박하고 따뜻한 말들을 열여덟 살 남학생에게 들었다. 고등학생의 뇌는 무조건 대학으로만 채워야 할 것처럼 세상이 떠들어 대는 바람에, 본인들도 그래야 하는지 알고 0.1점마저 절박해한다. 대학을 통과하지 않으면 추레한 인생이 될 거라는 무언의 협박에, 점수와 동떨어진 세계를 탐색하는 아이들은 죄라도 진 것처럼 큰소리를 내지 못했다. 그런데 해일은 그냥 꽂혔고, 그래서 직접 부화시키고 있다고 한다. 대한민국 고등학교 2학년이다. 담임의 숨통이 트였다.

"혹시 기록하니? 사진 안 찍었어?"

"다 찍었죠."

"나도 눈요기 좀 할 수 있을까?"

"혹시 싸이 하세요?"

"가입은 돼 있어."

"제 주소 적어 드릴 테니까 일촌 신청 하세요. 폴더 만들어서 사진 올릴게요."

"트위터는 어때?"

"몰아서 쭈욱 보기에는 싸이 폴더가 더 나을 거예요."

"당장 신청하마. 그런 게 제자랑 이런 거 하라고 있는 거구나."

해일은 담임이 내민 수첩에 자신의 미니홈페이지 주소를 적었다.

"오늘 가서 올릴게요."

"그래. 상담 끝! 더 할 말 있으면 사진 밑에 써 놓으마."

해일은 환하게 웃고 연구실을 나갔다.

담임은 해일이 적어 준 미니홈페이지 주소를 탁탁 두드렸다.

"너 맘에 들었어!"

똑똑! 10반 마지막 상담자는 반장 다영이였다.

"앉아라. 부지런해서 상담도 일찍 할 줄 알았는데, 생각보다 늦었다."

"반장이잖아요. 양보해야죠, 하하하."

"중학교 때부터 반장이었댔지?"

"초등학교 때부터예요. 직업병까지 생겼어요."

"어떤?"

"애들이 싫어하는 애하고도 놀아 줘야 할 것 같고, 남들이 하기 싫어하는 건 제가 해야 할 것 같고, 저도 모르게 애들을 관찰하고 있어요."

"직업병 확실하네."

"2학년 때는 안 하려고 했는데, 투표에서 일등 한 지란이가 안 한다고 하는 바람에 또 한 거예요. 고2 되니까 공부하려고 안 한다고 할까 봐 눈치도 보였고요."

"그러면 어때서? 다들 공부하잖아."

"병이라니까요."

"너 참 잘 컸다."

"예?"

"너 같은 반장 드물거든. 너처럼 줄기차게 반장하는 애들 중에는, 자기가 선생님인 줄 아는 애도 있어."

"……"

"왕비의 거울 알지?"

"백설 공주에 나오는 그 거울이요?"

"그래, 그 거울. 어떤 사람은 거울이 저 말고 다른 사람을 대면 어떻게든 독사과를 먹이려고 해. 그런데 넌 그 반대 같다. 거울이 너라고 해도 다른 사람이라고 우길 것 같아."

"저 그 정도는 아니에요."

담임은 다영을 보며 고개를 끄떡였다. 우연처럼 자꾸 나타나 실수로 툭 나온 말인 것처럼 반 아이를 몰아가는 미연과 확연히 달랐다. 미연은 "제 생각에는요." 하면서 다른 아이를 험담했다. 순진한 척 얼굴을 붉히며 독을 품고 말하는 것이다. 그러나 다영은, "선생님 은근히 인기 많던데, 피자 한번 쏘시죠?"라고 했다. 애초에 자기 의견인 것처럼.

"재밌는 건, 자기도 이미 누가 더 나은지 알고 있다는 거야. 알고 있으니까 더 싫지. 싫은 사람은 뭘 해도 싫어. 촌스럽게 싫은 걸 싫다고 말할 순 없으니까 폄하하고 남은 관심도 없는 걸 굳이 까발려. 나 좀 아는데 그러면서. 그런데 그러는 거 다 읽힌다."

"……."

"그런데 진짜 불쌍한 인간은, 저보다 낫다는 것조차 모르는 인간이야. 이건 머리도 안 되고 사람도 안 된 거지. 너는 아주 힘들게 반장 하고 있는데, 누구는 널 시기할 수도 있어. 그런 아이 우리 반에도 몇 있다는 거 안다. 너도 반장 베테랑이니 눈치챘겠지. 그게 그 아이들이 거울에 반응하는 자세니까 신경 쓰지 마라. 힘들면 힘들다고 말하고."

다영의 눈물이 탁자에 똑 떨어졌다. 잘난 체한다고 할까 봐, 배부른 소리 한다고 할까 봐, 차마 하지 못한 말이었다. 그런 자신을 담임이 꿰차고 있었다. 자신 몰래 뒤에 떡 서서 공격하는 아이들로부터 지켜 주고 있었다. 오오, 용창느님. 영광이옵소서!

"저기 선생님…… 선생님은 어떤 스타일 좋아하세요?"

"하하하하! 그건 잘 모르겠고, 머리 굴리는 사람은 아주 싫어한다."

"저도요!"

"근데 너 정말 반장이라 상담도 제일 마지막으로 받은 거냐?"

"네."

"큰 병일세. 무조건 양보는 좋은 게 아냐. 너무 그러면 그게 당연한 줄로 아는 애도 있거든. 니 계획 망쳐 가면서까지 하는 양보는 앞으로 하지 마라."

"네, 그럴게요. 고맙습니다."

"그래, 그럼 얼른 가 봐라. 많이 늦었다."

다영이 연구실을 나갔다.

10반 상담이 모두 끝났다. 담임은 창가에 서서 기지개를 켰다. 더러 씁쓸한 상담도 있었지만 괜찮은 마무리였다. 어두운 운동장에 아이들 몇이 걸어가는 게 보였다. 학창 시절 동안 많은 선생님을 만날 테지. 존경하는 선생님도, 짝사랑하는 선생님도, 상처를 받은 선생님도. 그것은 선생님도 마찬가지다. 사랑스러운 제자도, 믿음직한 제자도, 상처를 주는 제자도 있다. 담임에게는 아직도 아픈 기억이 있다. 어떻게 해서라도 졸업만은 시키려고 옆에 꼭 잡아 두었던 제자가, 졸업식 날 깡패들을 데리고 나타난 것이다. 미리 소문이 돌아 졸업식임에도 학교에 오지 않은 선생님까지 있었다. 그날 담임은 제자에게 상상할 수 없을 만큼 맞았다. 녀석은 이제 졸업했으니 더 이상 제자가 아니라고 했다. 과연 선생님과 제자가 졸업으로 끝나는 관계였던가. 담임에게 너무 큰 상처였고, 다른 제자들에게조차 마음을 닫게 만든 사건이었다. 몸의 근육이 '그래 봐야 소용없어. 사실만 직시해.' 하고 경고하는 것이다. 그렇게 참 긴 세월이 흘렀다.

"녀석, 연락이라도 한번 하지."

담임은 천천히 상담 수첩을 덮었다.

계단을 내려가는 다영의 발걸음이 가벼웠다.

"반장!"

1층으로 내려오자마자 지란이 다영을 불렀다.

"너 왜 아직 집에 안 갔어?"

"내 컴퓨터가 나갔거든. 내일 생물 숙제 내야 돼서 전산실에서 하고 왔지. 짠!"

지란은 USB메모리를 보여 주었다.

다영은 지란에게 바짝 다가가 어깨동무를 했다.

"지란아, 우리 용창느님 진짜 멋있지 않냐?"

"얘가 왜 갑자기 나의 용창느님을 스틸해."

"나 일 년만 반장 더 하면 만렙 찍거든, 그만한 스킬 돼."

"오, 여유! 너 오늘은 진짜 반장처럼 보인다. 살짝 멋있는데."

그때 다영이 우뚝 멈춰 서서 지란의 눈을 똑바로 보았다.

"거울아, 거울아, 이 세상에서 누가 가장 예쁘니?"

"나요."

"하하하하!"

"촌스럽게 웬 백설 공주야?"

"거울 실험 한번 해 봤지. 역시 내가 아니었어. 슬프다. 어? 우리 엄마 왔다. 오늘 상담 때문에 학원 늦을지 모른다니까 학교로 와 버렸네. 내가 땡땡이도 못 친다니까. 지란아,

너 학원 가니? 방향 맞으면 같이 가자."

"오늘은 안 갑니다. 빨리 가 봐. 엄마 기다리신다."

"그럼 나 먼저 갈게. 미안해!"

다영은 교문 앞에 서 있는 어머니에게로 달려갔다.

"대체 뭐가 미안하다는 거야……."

다영은 밉지 않을 만큼 가볍고 버겁지 않을 만큼 진중하다. 학원을 꼬박꼬박 챙기는 어머니 때문에 짜증 난다면서도, 활짝 웃으며 달려간다. 부럽다, 는 생각이 들었다. 지란은 어머니에게 전화를 걸었다.

"엄마, 어디야?"

"병원이지. 넌 어디야?"

"학교. 엄만 맨날 야근이야."

"최 선생이 갑자기 그만뒀잖아. 후임 올 때까지 봐 줘야지 어떡하니."

"배고파 죽겠네!"

"냉동실에 장어 있으니까, 아빠랑 같이 먹어."

"족발 시켜 달라고 할 거야."

"하하하. 그러든가. 얼른 집에 가. 늦었어."

지란은 전화를 끊었다. 집에 간다고 해도 아버지와 단둘이 장어를 먹을 수 없을 테고, 족발을 시켜 달라고도 할 수 없을 것이다. 지란에게 아버지는 아직 그랬다. 어색하고 어려운······.

5

같기도 그리고 같기도

 해일은 버스에서 내려 제법 큰 마트로 들어갔다. 집에서 두 정거장 떨어진 곳이다. 해일은 마트 장바구니를 들고 곧장 냉장고 앞으로 가 벌꿀 드링크 두 병, 캔 커피 한 개, 파워에이드 한 개를 담았다. 그리고 소형 미용 재료와 건전지가 있는 진열대로 이동했다. 매장 구조에 훤한 직원처럼 신속한 움직임이었다. 해일은 듀라셀 AA4 건전지를 다섯 개 들었다가, 두 개는 다시 진열장 고리에 걸었다.

 4번 계산대. 해일은 카트에 물건을 잔뜩 실은 아주머니 뒤에 섰다. 아주머니는 직원이 바코드를 찍는 속도보다 더 빠르게 컨베이어벨트에 물건을 쌓았다. 해일은 바구니를 컨베이어벨트 아래에 쌓인 바구니에 포개며 쭈그려 앉았다. 그리고 물건만 빼서 들고 순서를 기다렸다. 아주머니의 물건들이 컨베이어벨트에 실려 앞으로 밀려 나갔다. 이제 해일이 들고 있는 물건을 내려놓았다. 꿀차 두 병, 캔커피 한 개, 파워에이드 한 개, AA4건전지 한 개.

"봉투 드릴까요?"

"그냥 가방에 넣을게요."

해일은 직원이 계산대 옆으로 밀어 준 물건들을 책가방에 바로 넣고 계산을 마쳤다. AA4 건전지 세 개 중 계산된 것은 한 개다. 두 개는 해일의 바람막이점퍼 소매 속에 있었다. 곳곳에 CCTV가 있지만 컨베이어벨트 아래 바구니가 들어가는 곳까지는 지키지 못했다. 쭈그리고 앉아 다른 물건들을 꺼내면서 건전지 두 개를 소매 속으로 넣은 것이다. 그리고 점원이 밀어 준 물건들을 책가방에 넣으면서, 소매 속 건전지도 가방으로 이동시켰다.

종료.

이렇게 백 개가 모이면 좋은 가격에 넘길 수 있다. 하지만 해일에게 건전지는 수입용 절도가 아니다. 갓 입문한 초보 도둑에게 시범을 보이는 듯한 이런 절도는, 일정 시간 작업을 하지 않아 자신의 움직임이 의심될 때 해 보는 테스트였다. 걸리더라도 가장 초보적인, 그 나이 때는 한 번쯤 해 보는 일로 걸려 부모님께 호되게 야단을 맞는 것이다. 그리고 다시는 그러지 않겠노라 다짐하며 도둑질을 끝내고 싶었던 까닭도 있었다. 보라고, 사실 나는 타고난 도둑이 아니었다고. 남들과 전혀 다르지 않다고. 그리고 오늘, 요즘 병아리 부화에 온통 정신을 쏟고 있으니 이제 손이 감각을 조금 잃었을지 모른다고 생각했다. 그런데 건전지는 너무 쉽게 손에 잡혔다. 쓸쓸한 기대였다.

"엄마, 이거."
"꿀차네. 이따가 데워 마셔야겠다."
"혹시 안 움직였어?"
해일은 부화기를 들여다보며 물었다.
"계속 지켜봤는데 아직은 아니여."
"우리 잘 때 나오면 안 되는데."
해일은 달걀을 한 번 더 들여다보고 컴퓨터를 켰다.
"집에 오면 제일 먼저 하는 일이 컴퓨터 켜는 거지."
"담임 선생님이 부화시키는 거 사진으로 보고 싶대."
"어머 얘, 선생님도 아시냐?"
"좋아하시더라."

"그냐. 아이고 내 아들……."

어머니에게 선생님은 호칭만으로도 위엄을 지니는 존재였다. 선생님이 좋아하는 아들이라니. 어머니는 해일의 등을 슥슥 쓰다듬고 방을 나갔다.

해일은 벌써 두 개의 수정란에 이름도 지어 주었다. 먼저 나오는 녀석이 '아리' 뒤에 나오는 녀석이 '쓰리'다. 그리고 아리쓰리 폴더를 만들어 부화 과정을 관찰 일기처럼 사진으로 찍어 보관했다. 해일은 사진을 골라낸 뒤 홈페이지에 접속했다. 벌써 담임에게 일촌 신청 쪽지가 와 있었고, 담임도 접속 중이었다. 해일은 담임의 일촌명을 '참고서샘'이라고 쓰고 일촌을 수락했다. 이제 해일과 담임은 일촌이 되었다. 해일은 홈페이지에 사진을 올리기 시작했다.

> 스티로폼 박스는 생선 가게 아저씨가 협찬해 준
> 오징어 박스입니다.

다섯 개의 구멍이 뚫린 부화기 뚜껑 사진.

> 감정 설계사가 될 우리 형이 직접 설계하고 뚫은 구멍입니다.
> 온도조절에 아주 효과적입니다.

수정된 달걀 사진은 괜찮은 게 많아 고르기가 힘들었다.

병아리가 나올 달걀들입니다.
여섯 개는 부화기에 넣었고 나머지는 우리 가족이
날달걀 시식 타임을 가졌습니다.

두 번의 검란 과정에서 찍힌 수정체는 다시 봐도 경이로웠다. 당연히 두 번째 검란 때가 더 선명하게 보였는데, 살아 있다는 것을 생생하게 느낄 수 있는 사진이었다.

위의 것이 입란 7일째 검란 사진이고,
아래는 5일 뒤에 한 번 더 검란한 사진입니다.
저 검은 점이 바로 생명의 시작입니다!

마지막으로 오늘 와서 급하게 찍은 사진을 올렸다.

모두 건강하게 나오길 기도해 주십시오.
세모 표시가 없는 4개는 수정에 실패한 녀석들이지만
차마 못 뺐습니다. 아버지는 곤달걀이 됐으면 하십니다.
곤달걀…… 난감한 달걀입니다.

"휴······."

그제야 사진을 모두 올린 해일이 기지개를 켰다.

"어!"

    조용창: 오징어 박스로 만들었구나!

담임이 거의 실시간으로 댓글을 달고 있었다.
해일도 빠르게 댓글을 달았다.

    조용창: 드디어 입란이구나! 가슴 띈다.
    민해일: 저도 그날 엄청나게 뛰었어요.

    조용창: 감정 설계사? 무슨 직업이신지 궁금하다.
    민해일: 저도 설명하기 어려운데, 형 홈페이지 알려 드릴까요? ※경고- 두통 유발 사이트······

    조용창: 하하하하. 시식하셨구나.
    민해일: 열 개들이 두 팩 샀는데 부화용 여섯 개를 뺀 나머지는 아버지가 아침마다 공복에 참기름 섞어 드셨고, 형이 가끔 훔쳐 먹었습니다.

조용창: 생명이 저렇게 자라는구나. 너 멋진 걸 해냈다!

민해일: 저도 제가 자랑스럽습니다. 토닥토닥. 으쓱.

담임은 이모티콘이나 자음 나열 문장이 전혀 없는, 깨끗한 댓글 캠페인 같은 댓글을 남겼다.

"조용창이 누구냐?"

해철이 모니터 앞으로 얼굴을 불쑥 내밀었다.

"우리 담임."

"혹시 남자 같은 이름을 가진 여자 선생님이냐?"

"그냥 완전 남자 선생님이야."

"오호, 이 녀석! 형님 연구를 홍보하다니, 그것도 담임한테. 기특하다!"

해철이 해일의 등을 팡팡 내려쳤다.

"어? 다시 위로."

해일은 화면을 위로 올렸다.

"형이 훔쳐 먹었…… 너, 아주 나쁜 동생이야."

해철은 주먹으로 눈가를 훔치며 주방으로 달려갔다.

해일은 해철이 방에서 나가자 가방에서 건전지를 꺼냈다. 그리고 책상 제일 아래 서랍에 던져 넣었다.

"너무 많다."

주로 부정적인 표현 앞에 붙는 부사, 너무. 직업의식에 반하는 표현이었다. 수입이 많아 불편한 것일까. 한 개든 두 개든 훔쳤다, 는 본질은 사라지지 않는다. 물건 가격에 따라 평가가 달리 되는 것도 아니다. 그가 그것을 훔쳤다. 자전거, 오토바이, 내비게이션, 자동차 경고등, 소화기, 볼트 너트, 전자수첩 등등. 그중에 '너무'라는 표현은 건전지에서 나왔다. 걸리면 빌어야지, 다시는 그러지 않겠다고 맹세해야지, 그런 마음이 들 때마다 가져온 건전지다. 비겁한 겁쟁이. 건전지는 큰 것을 묻어 버리고 작은 것으로 용서받고자 하는 마음이 그만큼 쌓인 것이다. 훔치는 행위보다 더 자신을 초라하게 만드는 비겁함. 너무 많은 건전지는 한 번쯤 해 보는 치기가 아니라 상습적인 도둑임을 명확하게 입증하고 있었다.

"하아……."

무거운 한숨이었다.

수입의 상당 부분을 세탁소에 할당하지 않는 이상 담임의 양복이 저토록 새것 같을 수는 없었다. 주로 양복 세 벌을 가지고 번갈아 입는데 늘 새것처럼 각이 딱 잡혀 있다. 반듯한 넥타이 차림에 소매가 살짝 보이는 하얀 와이셔츠,

지란이 혼자 산다는 담임을 의심하기에 충분한 옷차림이었다.

"상담은 다 끝났고, 이제 내가 피자 쏘는 일만 남은 건가?"

"와!"

아직 치르지도 않은 중간고사에서 10반이 1등이나 한 것 같은 함성이었다.

"먹으면서 허심탄회하게 상담 뒤풀이나 하자. 질문 있나?"

"없습니다."

"끝내자."

담임은 뒤도 돌아보지 않고 교실을 나갔다.

"돌겠네, 진짜. 아 담임……."

진오가 생각하는 사람 자세로 앉아 생각 없는 사람처럼 말했다.

"담임이 왜?"

지란이 물었다.

"담임이 허심탄회가 가능한 사람이냐?"

"그냥 뒤풀이야. 할 얘기 있으면 하고 없으면 마는 거지."

"피자 먹는데 머리 아픈 말 하면 그냥 나가 버릴 거야. 뒤

끝 작렬한다."

"귀엽지 않냐? 똑 부러지게 뭔가 하긴 하는데, 늘 뒤가 어설퍼. 하하하."

"너는 담임이 그냥 좋지?"

"응. 좋아."

진오와 지란은 주거니 받거니 시시덕거렸다.

"니네는 틈만 나면 떠드냐? 그냥 둘이 사귀어라!"

다영이 킬킬대며 교실을 나갔다.

"저게 어디서 중매질이야."

진오는 인상을 팍 쓰고 가방을 멨다. 그때, 어딘가에서 삐악삐악 병아리 소리가 들렸다. 웬 꼬마가 동요까지 불렀다. *앞마당에 병아리 어여쁘구나. 노란 노란 병아리 어여쁘구나. 낮잠 한잠 자고 뽕뽕뽕. 해님 한 번 보고 뽕뽕뽕……*.

"이 소리 뭐냐?"

진오가 주위를 두리번거렸다. 노래는 뽕뽕뽕에서 끝나더니 다시 삐악삐악 울기 시작했다. 지란도 병아리 소리를 탐색했다.

"해일이 가방에서 나는데?"

종례를 마치자마자 화장실에 다녀온 해일이 교실로 들어왔다.

"민해일! 니 가방에서 웬 꼬마가 병아리 타령한다!"

진오가 해일에게 소리쳤다.

병아리 노래는 잠시 끊겼다가 다시 시작됐다. *삐악삐악 앞마당에 병아리 어여쁘구나. 노란 노란 병아리 어여쁘구나.* 해일이 달려와 가방에서 휴대전화를 꺼냈다.

"여보세요."

"아 놔, 벨소리! 씨바 이렇게 건전한 동급생을 보았나."

"진짜? 나 지금 택시 타고 갈게!"

해일은 진오를 보며 환하게 웃고는 급하게 교실을 달려 나갔다.

"저 자식이 왜 저렇게 웃고 가? 저거 나 사랑하나 봐······."

진오가 정색을 하고 해일이 나간 문을 바라보았다.

"저 벨소리 나하고 커플벨 하자고 하면 죽여 버릴 거야."

"하하하하!"

지란이 눈물까지 훔치며 웃어 댔다.

"넌 우리의 사랑이 그렇게 눈물겹냐?"

진오는 쓰디쓴 똥침을 씹는 표정으로 교실을 나갔다.

"엄마! 엄마!"

"조용히 해. 나온다, 나와!"

해일은 급히 부화기를 살폈다. 달걀 하나가 톡톡 깨지고 있었다. 첫째 아리다. 아리가 작고 부드러운 부리로 단단한 껍데기를 깨고 있었다. 가슴이 뛰었다. 유치원 선생님 지갑에 처음 손을 댔을 때나 세탁소에서 남의 청바지를 들고 나왔을 때와는 전혀 다른 떨림이다. 녀석들이 진짜로 나오다니, 코끝이 시큰했다. 뜬금없이 '유정란'이라는 글자가 눈에 들어왔었다. 부질없는 행동으로 봤을 만도 한데, 아버지가 어머니가 형이 응원했다. 그리고 기쁘게 함께 했다. 추운 날 입는 외투보다 더 따뜻하고 든든한 가족이었다. 해일은 서둘러 해철에게 전화를 했다.

"형 어디야? 왜 안 와! 지금 아리 나오고 있어!"

"지금 가고 있고, 너 모르는 데다. 아리 나온다고 엄마한테 전화 받았고."

"빨리 와. 금방 나올 것 같아."

"그럼 전용기를 보내든가. 아참, 너냐? 내 주머니에 병아리 넣어 놓은 사람이?"

"내가 어젯밤에 벨소리 바꿔 준다고 했잖아. 좋지?"

"좋아. 근데 전화 올 때마다 사람들이 자꾸 쳐다본다."

"하하하하. 형, 빨리 와!"

잠시 쉬던 아리가 다시 움직이기 시작했다. 이번에는 제법 힘을 줬는지 큰 조각이 떨어졌다. 투명에 가까운 부리가 밖으로 쑥 나왔다가 들어갔다. 끝이 뭉개지고 버짐처럼 하얗게 일어난 부리는, 아리가 지금 얼마나 힘겹게 껍데기를 깨고 있는지 잘 보여 주고 있었다. 달걀 껍데기가 이토록 날카롭고 위협적으로 보이기는 처음이었다.

"혹시 날개나 다리가 없는 건 아니겠지?"

해일은 온도나 습도를 잘못 설정한 적은 없는지, 전란하면서 너무 세게 돌린 적은 없는지, 부화기가 어디에 부딪힌 적은 없는지 걱정했다. 어느 한 곳 아프지 않게 나오길 간절히 바랐다. 그럼에도 혹시 아픈 병아리가 나온다면?

'그래도 내가 키운다.'

동정 따위가 아니었다. 탄생시킨 자의 뜨거운 교감과 사랑이었다.

"내가 니들 낳을 때하고 지금 니 맘이 똑같은 모양이다."

어머니는 해일의 등을 쓸어 주었다.

입란한 지 21일째 날 '아리'가 나왔고, 22일째 날 '쓰리'가 나왔다. 부화되지 못한 네 개의 달걀은 아버지가 그토록 원했던 곤달걀조차 되지 못했다. 단 하루 차이인데 아리의 몸통이 눈에 띄게 더 커 보였고, 털도 먼저 말라 훨씬 보송보송했다. 아리는 쓰리가 달걀 껍데기에서 나오자마자 달려가 쪼아 대기 시작했다. 그 바람에 털도 마르지 않은 쓰리가 필사적으로 도망을 다녀야 했다. 주로 쓰리의 눈을 집중 공격했는데, 혹시 눈에 이상이 생길까 봐 보는 내내 조마조마했다.

"이놈이, 너 왜 이렇게 쓰리를 괴롭혀!"

어머니도 쓰리를 걱정했다.

"제대로 걸을 때까지라도 따로 놔야겠어."

해일은 얼른 작은 상자를 가져와 마른 풀을 바닥에 깔았다. 아직 모이 대신 삶은 달걀노른자를 먹는데, 간장 종지에 담아 물과 함께 넣어 주었다.

"엄마가 아리 옮겨 줘."

"니가 옮겨."

"못 만지겠어."

"왜 못 만져? 얼른 옮겨. 쓰리 좀 자야 돼."

바라보는 것과 만지는 건 다른 거였다. 해일은 용기를 내어 아리를 잡았다, 가 확 놓았다. 단번에 잡아 옮기자는 생각에 콱 잡았더니 얇은 뼈가 너무 생생하게 느껴진 것이다.

"뭔 사내 녀석이 병아리를 무서워해."

"무서운 게 아니라 느낌이 좀 이상해."

"부드럽게 살살 잡아야지."

아리는 부화기 위로 손만 올려도 푸드덕 뛰어다녔다. 그런 아리를 해일이 겨우 덥석 잡아 던지듯 옆 상자로 옮겼다. 보송보송한 몸통과 달리 차가운 발바닥은 느낌이 너무 이상했다. 그런데 막상 떼어 놓고 보니 아리와 쓰리가 서로를 향해 울기 시작했다. 벽을 가운데 두고 정말 애타게 울었다.

"어떡하지, 엄마? 다시 같이 넣을까?"

"그려. 떨어져 봤으니 인제는 안 괴롭히겠지."

해일이 아리를 다시 부화기로 옮겼다. 잡을 때 여전히 손이 떨렸지만 처음보다는 나았다. 그런데 부화기로 돌아간 아리가 또다시 쓰리를 쪼아 댔다. 조준 목표는 늘 눈이다. 이번에는 어머니가 아리를 번쩍 들었다.

"이놈의 닭대가리. 오늘은 쓰리 푹 자게 그냥 떼 놓자."

그렇게 해서 아리와 쓰리는 그날 밤 각방을 써야 했다.

"내일만 버티면 시험도 끝이다. 약속대로 피자 쏜다. 이상."

담임은 아이들을 둘러보며 가볍게 웃었다. 그리고 곧장 교실을 나가야 했다. 그래야 아이들도 당연하게 와! 탄성을 지를 수 있었다. 이 절차를 거쳐야 심정적으로 깔끔한 마무리가 되는 것이다. 그런데 각본대로 나가야 할 담임이 교탁에 떡 기대어 앞을 주시하고 있는 게 아닌가.

"해일이."

"네."

"아리 쓰리 사진, 내가 소장 좀 해도 될까?"

"맘에 드는 사진에 댓글 남기세요. 메일로 원본 보내 드릴게요."

"다 괜찮던데 잘 골라 봐야겠다. 오늘 가서 댓글 남기마."

담임은 해일에게 순간적인 깜짝 윙크를 날리고 교실을 나갔다.

"뭐냐, 이 찐덕한 기운은. 아리 쓰리?"

진오가 정색하고 해일을 보았다.

"아리 쓰리가 대체 뭐냐? 무슨 암호냐?"

"병아리야."

"병아리 때문에 담임이 너한테 그런 에로틱한 윙크를 날렸다고?"

"모르지."

"솔직해지자. 너 담임하고 무슨 사이냐?"

"궁금하면 내 싸이에서 확인해 봐. 하하하."

"당장 확인한다. 무슨 19세 병아리냐, 그렇게 윙크하게?

애칭도 참 민속적이다. 아리 쓰리가 뭐냐, 아리 쓰리가."

해일이 나간 교실에 19세 딱지 붙은 아리 쓰리 열풍이 불었다. 고2 남학생과 병아리의 실체를 온전히 받아들이지 못한 탓이다. 이제 막 태어난 아리 쓰리가 본의 아니게 담임과 해일을 에로틱 커플로 만들어 버린 것이다.

"짜증 나!"

지란이 사인펜을 책상에 탁! 내려놓았다.

"허지란, 너 이성을 찾아야 돼. 대담한 커플이지 않냐? 교실에서 대놓고 애정 표현을 하다니. 전에 저 새끼가 씨익 웃을 때 나도 움찔했다니까. 근데 누가 아리고 누가 쓰릴까?"

"유치한 소리 좀 그만해라. 무슨 애가 생각이 없어."

"남자만의 직감이라는 게 있어. 너 담임한테 전화해 봐. 담임도 병아리 사랑 벨소린지 확인해 보게. 저 두 사람 분명히 무슨 일 있어."

지란은 진오를 째려보고 급히 교실을 뛰쳐나갔다.

지란이 해일을 따라잡은 건, 해일이 교문을 막 나설 때였다.

"민해일!"

해일이 돌아보았다.

"왜?"

"아리 쓰리 말이야. 그거 진짜 병아리 맞는 거지?"

"맞아. 내가 유정란으로 직접 부화시킨 병아리야."

"니가 병아리를 부화시켰다고? 진짜? 나도 봐도 돼?"

담임에 대해 빠르게 안도한 지란은, 순식간에 아리 쓰리에게 관심을 보였다.

"홈피에서 봐."

"오늘 가서 볼게. 그리고 너, 담임하고 뭐 그런 이상한 사이 아니지?"

묻긴 묻는데 묻는 자신도 민망하기 짝이 없는 물음이었다.

"아냐."

"그래 아니어야지. 근데 어떻게 담임하고 일촌이야? 니가 병아리 부화시킨 건 담임이 어떻게 알았는데? 그러니까 너한테 왜 그런 윙크를 하냐고……."

해일은 지란 어깨를 두 손으로 살며시 잡았다.

"내가 지금 시간이 없어서 그러는데, 나 병아리 부화시켰다. 너도 나한테 일촌 신청해. 그리고 아리 쓰리 봐. 그럼 너도 담임이랑 똑같지? 그리고 이거?"

해일은 담인과 매우 흡사하게 가벼운 윙크를 날렸다.

"됐지? 나 먼저 간다."

해일은 버스 정류장으로 달려갔다.

"쟤…… 뭐야? 지가 용창느님 미니미야? 깜짝 놀랐네."

생각지도 못한 해일의 달콤한 윙크였다.

"진짜 무슨 사이 아냐? 당장 가서 내 눈으로 확인한다."

"엄마, 병아리 모이 왔어?"

"왔지. 근데 뭘 그렇게 많이 시켰어?"

"많이 먹어야 잘 크지."

아리 쓰리는 이제 햇볕 잘 드는 거실에서 자랐다. 아직 추위에 민감해 전구를 계속 켜 줘야 하지만, 며칠 사이 복슬복슬한 갈색 털을 뽐내며 부리도 단단해졌다.

"아리야 쓰리야!"

아리 쓰리는 해일의 목소리를 알아들은 것처럼 머리를 번쩍 들었다. 수정됐을 때부터 이름을 불렀기 때문이라고, 해일은 생각했다.

"얘들하고 정들어서 이제는 아무도 못 먹을 거야."

어머니가 부화기 바닥에 모이를 살살 뿌리며 말했다.

"난 먹어."

해철이였다.

"먹지 마, 형."

"형한테도 애정을 보여 줘. 엄마, 우리 치킨 시킬까?"

"넌 언제 철들래. 좀 씻어라. 눈 뜨고 다시 잘 때까지 안 씻냐?"

"이따가 씻을게. 해일아, 너 이 녀석들 지들이 독수린 줄 알게 키워라."

해철은 어슬렁어슬렁 베란다로 걸어갔다.

"엄마, 이 철망 다 뭐야? 내가 써도 돼?"

"아버지가 닭장 만든다고 구해 온 거니까, 건들지 마."

"여기다 닭갈비 구워 먹으면 딱 좋은데……."

아리 쓰리는 날갯깃이 뻣뻣해지면서 부화기 벽 위로 휘리릭 날아오르기도 하고, 벌써 힘겨루기를 하느라 꼿꼿이 서서 키 자랑도 했다. 해일은 학교에서 돌아오면 마른 풀로 바닥을 새로 깔아 줬고, 어머니는 물과 모이를 주었다. 해철은 틈틈이 사진과 동영상을 찍었고, 아버지는 근사한 집을 지어 주려고 재료를 모았다. 아리 쓰리는 수정되는 순간 이미 가족이었다.

다음 날, 19세 딱지 아리 쓰리를 의심했던 진오가 헤일을 찾았다.

"너 새끼, 장난하냐? 진짜 병아리잖아!"

"병아리라니까."

"새끼가 왜 이렇게 바람직하지? 실망이다, 새끼야."

내심 19세 딱지 아리 쓰리를 기대하고 해일의 홈페이지를 찾은 아이도 더러 있었다. 실제 아리 쓰리를 보고 살짝 실망은 했지만, 흔히 볼 수 없는 병아리 부화 사진은 19세 딱지 사진에 뒤지지 않을 만큼 신선한 것도 사실이었다. 유리구슬 같은 눈동자와 보송보송한 갈색 털을 가진 아리 쓰리가 그만큼 사랑스러웠기 때문이다. 진오는 해일을 찬찬히 훑어보았다. 생각보다 괜찮은 녀석 같았다.

"갈색 병아리 처음 보는데, 뭐 나쁘지는 않더라."

"우리 아리 쓰리가 야생 토종닭이라 그래."

"근데 담임 댓글에서 자꾸 담임 목소리가 들리는 바람에 참 거시기했다."

진오는 자신의 귀를 펑펑펑 두드렸다.

"사실은 나도 들렸어. 하하하하."

"오늘 시험 마지막 날인데, 병아리 때문에 다 망쳤어. 니가 책임져."

"어떻게?"

"다 크면 닭다리 하나는 내 거다."

"우리 아리 쓰리는 먹으려고 키우는 거 아냐."

"그럼 쌈닭으로 키우는 거냐?"

"그냥 내가 끝까지 키우려고."

"너…… 나 좀 똑바로 봐 봐."

진오가 자세를 완전히 틀어 해일과 눈을 맞췄다.

"새끼가 이상하게 묘해. 뭐가 있는 놈 같기도 하고 없는 놈 같기도 하고. 같기도 담임 밑에 같기도 제자라니. 나 뭐 이런 반에 들어왔어. 무슨 담임하고 학생이 닭으로 반 성적을 교란시키냐고."

지란도 그랬다. 해일에게는 딱히 설명할 수 없는 뭔가가 있는 것 같기도 없는 것 같기도 했다. 굳이 무게를 재면 있다 쪽으로 기우는데, 그쪽으로 생각하면 이상하게 마음이 무거웠다. 차라리 모르는 게 더 나을 것 같은. 지란은 궁금했다. 병아리를 키우는 남학생이 사는 집은 어떨까. 어떤 부모와 어떤 형제가 사는 집일까. 어떤 집에서 어떻게 자라야 달걀에서 병아리를 떠올릴 수 있을까. 지란에게 달걀은 그저 손쉽게 해먹을 수 있는 음식 재료일 뿐이었다. 그런데 해일은 달걀에서 병아리를 보았다. 부러웠다. 평화롭고 따뜻한 집일 것 같아서, 그런 집에 한 번이라도 가 보고 싶었다.

"해일아, 니네 집에 가서 직접 보면 안 돼?"

지란은 해일이 대답도 하기 전에 진오와 다영을 끌어들

였다.

"박진오, 정다영! 해일이네 놀러 가자. 어떻게 집에서 병아리가 나오냐."

대답할 타이밍을 놓친 해일은, 진오와 다영의 대답만 기다렸다.

"내가 몇 살인데 병아리 보러 친구네 놀러 가냐?"

진오가 심드렁하게 대답했다.

"병아리 보는데도 나이 제한 있냐? 다영아, 가자!"

"나도 가서 보고 싶은데, 오늘은 학원 때문에 안 돼. 내일 가자."

"말 나온 김에 가야지! 무슨 학원이 시험 보는 날까지 가냐?"

"우리 학원은 그래. 빠지면 엄마한테 죽어."

"네 엄마도 병아리를 사랑하셔야 하는데. 박진오, 넌 학원 안 가지? 이따가 피자 먹고 쿨하게 한번 가자!"

"내가 학원 가는지 안 가는지 니가 어떻게 알아?"

"가냐?"

"안 간다."

"그럼 가자!"

"민해일 좋으면 그냥 좋다고 하지, 왜 병아리 가지고 난리야."

진오가 고개를 절레절레 흔들었다.

"하하하. 니네 오늘 와서 보려면 봐라."

정작 집주인은 가만히 있는데, 엄한 사람들이 목소리를 높이는 바람에 해일이 마지못해 허락했다. 사실은 아리 쓰리를 자랑하고 싶었던 것이다.

"가자 가! 쿨하다는 말 만든 자식, 걸리기만 해. 아주 쿨하게 패 줄 테니까."

'시원'과 별 차이도 없는데 이놈의 '쿨'은 뭔가를 강요하는 면이 있었다. 쿨하지 않으면 왠지 촌스럽고 질척한 인간처럼 만드는 요상한 말이었다. 그때 옆 분단 미연이 슬쩍 다가와 말을 걸었다.

"니네 오늘 해일이네 갈 거야?"

원래부터 친한 친구였던 것처럼 다정한 말투였다.

"뭐, 그냥……."

지란이 말끝을 흐렸다. 그러자 미연이 쿨하게 웃고 교실 뒤로 걸어갔다.

이성보다 직관이 더 빠르게 움직이는 지란이다. 지란에게서 미연은 처음 봤을 때부터 이상 기운이 감지됐다. 마음을 절로 닫히게 만드는 껄끄러운 기운. 왜인지 설명이 불가

능해 그저 가벼운 인사만 주고받았다. 그러다 우연히 미연의 블로그 사진을 보며 '이건 뭐지?' 한 것이다. 미연은 늘 카메라나 휴대전화로 반 아이들을 찍어 댔다. 그런데 블로그 사진 대부분은 실제와 달라도 너무 다르게 찍힌 사진들이었다. 도대체 어떻게 하면 저 아이가 저토록 흉하게 찍힐 수 있을까? 설사 그렇게 찍혔다 해도 그걸 꼭 저렇게 만천하에 공개되는 곳에 올려야 했을까? 두 명 중 한 명이 아무리 예쁘게 나왔어도 다른 아이가 흉하게 나왔으면, 올리지 말거나 손쉬운 편집이라도 해서 흉한 아이는 잘라내야 했다. 누가 너무 예쁘게 나와서 할 수 없이 올린다니, 이 무슨……. 일부러 그렇게 찍으라고 해도 못 찍을 이상한 사진에 예쁘다, 귀엽다, 멋있다, 보기 좋다, 라고 쓴 글들은 더욱 기가 찼다. 어떤 좋은 설명을 붙인다 해도 사람들에게 각인되는 건 저 이상한 이미지일 뿐이다. 실물을 모르는 사람이 본다면, 저렇게 생겼음에도 불구하고 예쁘게 봐 주는 미연의 심성을 오히려 예쁘게 봐 줘야 할 지경이었다. 예쁜 것은 누가 봐도 예쁘고, 흉한 것은 누가 봐도 흉하다. 놀이동산 요술 거울 앞에 선 것처럼 부풀려지고 오그라진, 날카롭고 흉측하게 변형된 이미지. 어떤 사진의 주인공이 험한 댓글을 달아 놓은 것도 있었다.

"쌍년아, 이 사진 안 내려!"

미연의 무응답.

그리고 실제 주인공을 알지 못하는 어느 블로거의 반응.

"진짜 생긴 대로 논다……."

반장 다영의 홈페이지와 확연히 다른 모습이었다. 다영의 홈페이지에도 사진이 많다. 학교 행사나 견학 사진 위주지만 교실에서의 일상을 찍은 것도 꽤 많았다. 그리고 느낀 점. 저 아이한테 저런 표정이 있었나? 저 아이 얼굴선이 이렇게 고왔구나. 박진오 저런 거 할 땐 꽤 진지하네. 그래, 용창느님은 저렇게 쳐다볼 때가 제일 멋있지. 그렇게 되는 것이다. 그런 사진을 보고 난 뒤 교실에서 만나면 사진 속 주인공에 대한 호감이 절로 생겼다. 결론. 다영은 한 장의 좋은 사진을 위해 셔터를 누르고, 미연은 한 장의 나쁜 사진을 위해 셔터를 누른다.

지겨운 시험이 끝나고, 담임이 쏜 피자 여덟 박스와 1.5리터 콜라 여덟 개가 교실에 도착했다.

"조각내서 돌리지 말고 그냥 모여서 먹어라."

먹어라, 는 말과 동시에 피자를 중심으로 순식간에 모둠이 만들어졌고, 피자는 벌써 아이들 입으로 들어가고 있었다. 과연 스피드에 관한 인적 자원이 풍부한 10반을 특수반으로 지정하자고 교육부에 건의할 만한 풍경이었다. 다영이 상자 뚜껑을 쟁반 삼아 피자와 콜라를 들고 담임에게 가져갔다.

"드세요."

"고맙다."

아이들은 그제야 아, 담임도 우리 반이었지, 싶었다.

"먹으면서 이야기나 하자. 누가 먼저 해 볼까?"

담임 말에 아이들은 초집중해서 피자를 먹기 시작했다. 나 지금 피자 먹느라 바쁘니 한가한 사람이 먼저 말하시오, 라고 몸으로 말하는 것이다.

"없으면 내가 먼저 재미있는 이야기 하나 해 줄게."

그럼 고맙지요. 아이들의 눈이 간절할 만큼 그렇게 말했다.

"사람마다 왕비의 거울이 있다는 거 혹시 알고 있나?"

순간 아이들이 멍한 표정으로 담임을 보았다. 병아리에 이어 이번에는 동화다. 사람이 어느 정도는 자기 이미지와 비슷하게 놀아야 자연스럽지, 이 무슨 특전사 전투 복장으로 「백조의 호수」 발레 공연을 하는 짓인가.

"저기 혹시 백설 공주에 나오는 그 거울 말씀하시는 거예요?"

뒷자리 누군가가 반신반의로 매우 조심스럽게 물었다.

"그래, 그 거울. 상담하면서 내가 너희의 거울을 훔쳐본 것 같아서."

"……."

아이들은 다시 피자를 먹기 시작했다.

"거울이 누구를 지목하면 곧장 달려가서 독사과를 먹이는 사람이 있어. 공주를 죽인다고 자기가 공주가 되는 것도 아닌데 말이지. 다른 공주가 나타나. 그걸 왕비도 알아. 그런데 왜 자꾸 죽이려고 할까? 그냥 눈꼴신 거지. 자기가 아홉 개를 가지고 공주가 한 개를 가졌든, 자기가 한 개를 가지고 공주가 아홉 개를 가졌든, 눈꼴셔서 못 보는 거야."

늘 그렇지만 담임은 오늘도 껄끄러운 이야기를 참 차분한 목소리로 명쾌하게 하고 있었다. 동화마저 등골 시리게 만들어 버리는 담임. 전투 복장으로 발레를 추고도 남을 위인이었다.

"그래서 쫓아냈더니 난쟁이들하고 아주 행복하게 사네. 달려가야지. 근데 또 자기가 왕비인 게 걸릴까 봐, 왕비 아닌 척 온갖 변장은 다 하고 가. 그래도 결국은 왕비인 게 걸리지. 왜 그럴까?"

"척이잖아요, 척! 척은 내추럴본이 아니거든요. 하하하하!"

진오가 크게 웃으며 대답했다.

"맞아, 하하하. 진오, 그럼 요즘 독사과는 뭘까?"

"음…… 조작으로 나쁜 여론 만들기? 우르르 몰려가서 끝장낼 수 있잖아요. 나중에 일이 잘못돼도 슬쩍 발 빼기 쉽고요. 쟤도 그랬고 너도 그랬잖아, 그런 식으로 죄책감을 n분의 1로 나누는 거죠. n분의 1정신, 저 정말 사랑합니다. 하하하!"

담임은 진오를 뚫어지게 보았다.

"예를 들면?"

"누가 자꾸 이상하다 그러면 멀쩡해 보이던 애도 갑자기 이상해 보이잖아요. 그런 식으로 이상한 소리를 막 흘리고 다니는 거죠. 근데 이거 설마 점수 매기는 건 아니죠?"

"그랬다면 넌 아주 좋은 점수를 받았을 거다."

지란은 진오를 보았다. 진오는 담임이 쏜 피자를 먹으면 목에 치즈가 걸릴 학생 0순위였다. 그런데 오히려 가장 신나게 피자를 먹고 있으며 담임과 이야기까지 주고받고 있다. 삼 분 만에 끝냈다던 상담보다 더 진지하고 긴 대화였다. 껄렁껄렁대다가도 순간 집중해서 POP글씨를 쓰던 사진

속 모습과 닮아 있다. 인지부조화. 너, 정체가 뭐냐?

"요즘은 다들 교육을 잘 받아서 능력이나 정보력은 거의 비슷해. 원체 뛰어난 게 아니면 우쭐댈 수 없는 거지. 그러니까 이제 사람을 공격해. 자기가 무슨 바로미터나 되는 것처럼 모든 걸 자신을 기준으로 평가하고 헐뜯지. 독사과가 물리적 암살에서 지능적 암살로 바뀐 거다."

낮고 차분한 담임의 목소리는 콜라보다 더 빠르게 몸에 흡수됐다.

해일이 감전된 듯 놀란 건 당연했다. 언젠가 해철도 인격 살인에 대해 이야기한 적이 있다. 감성의 끝에 해철이 있다면 이성의 끝에는 담임이 있다. 그리고 두 사람에게는 묘하게 일치하는 교집합 부분이 있었다. 섬광처럼 휙 지나가는 해철의 이성적인 모습에서 담임이 보이고, 합리적 사고의 달인 같은 담임에게서는 문득 문득 해철이 보였다. 이성을 바탕으로 한 감성과 감성을 바탕으로 한 이성. 두 사람이 어딘지 모르게 닮았다, 고 해일은 생각했다.

"뒤풀이라면서 뭐 이렇게 무시무시한 이야기를 하세요?"

진오가 벌렁거리는 가슴에 손을 얹고 말했다.

"하하하하. 이 이야기 재밌는 거야."

"신이시여, 저를 왕비의 시험에 들지 않게 하옵소서."

많은 아이가 진오의 기도에 동참하는 마음으로 고개를 끄떡였다.

"신들은 생각보다 훨씬 단순하고 잔인하다."

"제가 믿는 신은 아주 자비롭고 공평하신 분이에요. 하하하하."

"공평하니까 잔인한 거야. 입에서 독을 뿜었으면 뿜은 자가 죽어야지, 그 독으로 남이 죽으면 쓰나. 자업자득. 네가 그를 죽이는 것을 허락한다, 하는 신도 있나?"

제 독에 제가 죽는 이야기라니. OMR용지에 점찍느라 몰린 눈도 아직 제자리로 돌아오지 않았는데, 어쩌자고 뒤풀이에서조차 눈 돌아가는 이야기만 하는지 몰랐다.

"문제는 자기는 누굴 죽여도 된다고 믿는 멍청한 자들이지."

"재밌는 얘기라면서요. 그 얘기는 언제 해 주실 건데요."

진오는 어깨를 축 내리고 담임을 멍하게 바라보았다.

"말이 좀 샜는데, 하여간 왕비의 거울이 자기 내면의 거울이라는 거다. 자기가 묻고 자기가 대답하는 거야. 그러니까 거울이 남을 지목하면 독사과를 먹일 게 아니라, 왜 그런지 생각해 봐야 한다는 거다. 자만심과 자존심은 격이 다르다."

"선생님, 갑자기 뜬금없는 말이기는 한데요."

해일이 피자를 내려놓고 담임을 보았다.

드디어 같기도 담임과 같기도 제자의 대화가 시작됐다.

"제가 선생님 일촌명 뭐라고 한 줄 아시죠?"

"참고서샘."

"선생님이 그렇게 보였어요. 늘 정답을 준비하고 있는 분 같거든요."

"인생에 정답이 어딨냐? 먼저 겪어 본 사람이 주는 가벼운 조언이지."

"선생님은 절대로 가볍지 않아요."

"나 생각보다 가볍고 부드러운 사람이다. 잘못 봤어."

맙소사! 아이들은 또다시 할 말을 잃었다. 화학 담당 조용창 선생님. 대체 화학에서는 부드러움을 어떻게 정의하기에 그런 망발을 하십니까. 혹시 각설탕도 녹으면 부드럽다. 고로 각설탕은 부드럽다. 그 말씀이신가요? 그럼 일단 녹이고 봅시다! 하고 따져 볼 일이었다.

"이건 이거, 저건 저거, 그렇게 툭툭 말씀하실 때는 정말 움찔해요."

"사람 쉽게 안 변한다. 어떤 충격적인 일로 감정저 회획 반응이 일어나기도 하는데, 그게 꼭 긍정적으로 나타나는 것도 아니고. 어린애도 아닌데 이거면 이거고 저거면 저거지, 왜 어렵게 말해."

"너무 그러시니까 선생님한테 편하게 기대지도 못하잖아요."

아이들은 해일의 말에 부정도 긍정도 하지 않았다. 담임뿐만 아니라 선생님이라는 존재가 그렇지 않은가. 한없이 기대고 싶은 마음과는 달리 쪼르르 달려가 폭 안길 만큼 편안한 존재도 아닌 것이다. 하지만 어떤 곤란한 일이 닥쳤을 때 "무슨 일이냐?" 하고 등장한 선생님처럼 든든한 존재가 또 있을까?

"힘들 땐 기대라. 하지만 앞에서 웃고 뒤에서 흘기는 제자는 사양한다."

"그래도 선생님은, 어느 정도 희생정신이 필요한 직업이라고 생각하는데요. 그런 제자도 감싸 주는 선생님이 있어야 하잖아요."

이번에는 반장 다영이다.

"옛날에는 스승의 그림자도 밟지 않았다, 는 말에는 코웃음 치고, 제자를 위해 초가삼간을 내줬다는 말에는 박수를 치지. 21세기 교사에게 그 옛날 스승의 모습을 원한다면, 너희도 그 옛날 머리 땋은 제자의 모습을 해라."

"우리가 원하는 선생님을 바라는 게 문젠가요?"

"너희가 원하는 선생님만 바라는 게 문제다."

"선생님들이 학생들보다 강자잖아요."

"강자는 약자에게 물어 뜯겨도 되는 거냐?"

"우리는 물고 뜯어야 겨우 통하지만, 선생님들은 한마디로 끝내잖아요."

"너희가 정말 선생님 말 한마디에 움직이는 아이들이냐?"

"심각한 문제가 있는 선생님도 계신 건 사실이잖아요."

"퇴출시켜라. 쉬쉬한다고 감춰질 세상 아니다."

"철밥통이라는 말 괜히 있는 거 아니잖아요."

"깨. 형편없는 사람이 철밥통 꽉 움켜쥐고 버티면 깨고 찌그러뜨려. 하지만 단지 너희 입맛에 맞지 않는다고 멀쩡한 선생님 밥그릇을 거지 동냥 깡통으로 알고 걷어차면 곤란하다."

탁구 시합처럼 빠른 공격과 빠른 방어가 이어지는 난상토론이었다.

"선생님 건 하도 딱딱해서 절대 못 걷어차요. 우리도 다른 반 애들처럼 담임 선생님한테 장난도 치고 투정도 부리고 싶다고요. 저희도 담임 선생님에 대한 로망이 있습니다."

"한 번 더 말하지만 나 생각보다 부드러운 사람이다. 그리고 나도 내가 맡은 아이들에 대한 로망이 있다. 제자들한테 기대고 싶을 때가 있다는 말이다."

그때 진오가 손을 번쩍 들어, 담임과 반장의 긴박한 대화를 저지했다.

"존경까지는 아직 아니지만 운동장에서 조회 설 때나 체육대회 때, 선생님이 반 앞에 서 있지 않으면 좀 그렇습니다. 그러니까 대장으로 인정은 한다는 거예요."

"고맙다."

"근데 교실하고 해일이 싸이하고, 어떤 게 진짜 선생님 모습이에요?"

"둘 다다."

"혹시 선생님도 어렸을 때 끔찍하게 싫었던 선생님 있었어요?"

"있었다."

"설마 그래도 선생님이니까 나는 존경했다, 뭐 그런 말씀은 아니죠?"

"나는 그 선생님이 아끼던 자전거를 박살내 버렸다."

"와우! 최고십니다!"

진오가 엄지를 치켜들고 크게 외쳤다.

어떤 아이들은 책상을 두드리며 휘파람까지 불었다.

"선생님, 우리 반에 담임 알바설 있는데, 해명해 주실 수 있어요?"

언제 어느 곳에서도 용창느님을 찬양하는 지란이 물었다.

교실이 삽시간에 조용해졌다.

"나는 그런 거 안 키운다. 혹시 다른 선생님이 키우고 있다고 해도 크게 염려하지 마라. 그냥 개를 키우는 거니까. 가끔 뼈다귀 하나 던져 주면 미친 듯이 좋아하는 개. 그런 개들은 사실을 사실대로 말하지 않는 특징이 있지. '제 생각에는요.' 하고 운을 떼는데, 미친개한테 생각이 어딨냐?"

"선생님 수위 좀 낮춰 주세요."

지란이 가슴을 쓸어내렸다.

"하하하. 그런데 알바를 자청한 애한테 걸리는 선생님도 있다. 너희 그거 구별해야 해. 개가 선생님한테 토끼를 빼앗고 팽 시켜. 옆에 붙어서 점수 받고, 싫어하는 애 선생님 통해 깔아뭉개고, 상급반으로 올라가면 끝이지. 물론 환상의 조합일 때도 있다. 선생과 개의 표적이 같을 때."

"확실하게 우리 반에는 없는 거죠?"

"없다."

빈말을 전혀 하지 않는 사람이기에, 아이들은 담임의 말을 신뢰했다.

"나는 안다. 선생님 말 한마디가 얼마나 위력적인지. 선생이 표적을 향해 몇 번 툭툭 비꼬는 말을 날리면, 반에서 매장되는 거 순식간이야. 선생을 이용해서 표적을 물어뜯으려는 애가 바라는 방식이기도 하지. 거기에 걸려들면 종국에는 선생까지 매장돼. 애들이 돌대가리가 아니거든. 내가 니들 물어뜯을 게 뭐 있냐?"

"그런 애가 선생님한테 붙으면, 선생님은 어떻게 하실 거예요?"

"이빨을 뽑아 버려야지. 남 죽이는 이빨이라면 차라리 없는 게 낫다."

"우리 반에 죽이고 싶은 애가 한 명 있는데, 그 애는 죽여 주시고 제 이빨은 남겨 주시면 안 될까요? 하하하하."

진오가 환하게 웃으며 말했다. 녀석, 참 맑은 아이라고, 담임은 생각했다.

"선생님은 우리 반을 어떻게 평가하세요?"

반장 다영이 물었다.

"착한 것 같기도 하고 못된 것 같기도 하고, 똑똑한 것 같기도 하고 멍청한 것 같기도 한 제자들이다."

"이런, 같기도!"

진오의 탄성에 지란이 고개를 푹 숙이고 키득거렸다.

"질문 더 있나?"

"없습니다!"

"하고 싶은 이야기는?"

"없어요!"

아이들이 한 목소리로 외쳤다.

"그동안 시험 보느라 고생했다. 오늘 내일 푹 쉬어라."

담임은 아이들을 둘러보며 특유의 부드러운 듯 짧게 끊는 웃음을 날린 뒤, 늘 그렇듯 장엄하게 문으로 걸어갔다. 그러다 우뚝 멈춰 서서 아이들을 휙 보았다.

"오늘 내가 해 준 이야기 재밌지 않았냐?"

"……."

무서워 죽을 뻔했습니다, 라고 말하는 아이들의 눈빛을 담임은 읽지 못했다.

"언제 시간 되면 또 해 주마. 나 좀 인간적인 사람이다."

담임은 매우 만족한 표정으로 교실을 나갔다.

"담임 진정으로 황당하다. 또 뒤풀이 하자고 하면, 난 무조건 결석한다!"

"내가 뭐래, 담임은 늘 뒤가 어설프다니까. 하하하하!"

진오의 말에 지란이 배를 쥐고 웃었다. 시험을 망쳤든 잘 봤든 어쨌든 끝났다. 상담 뒤풀이도 나름 좋았다. 아이들은 홀가분한 마음으로 자리를 정리했다. 다만 한 사람, 남을 물고 늘어져야 직성이 풀리는 미연만 불쾌한 표정으로 교실을 나가 버렸다.

'선생 주제에…….'

담임의 직접적인 경고조차 알아듣지 못하다니. 하늘 아래 저보다 나은 사람이 없다는 저 일관된 자의식만은 높이 사 줄 일이었다.

6.

친구의 집

 해일과 진오와 지란은 나란히 버스에 올라탔다. 운전기사가 브레이크를 어찌나 마음껏 밟아 대는지, 손잡이를 꽉 잡아도 몸이 비틀거릴 정도였다.
 "나는 병아리 때문이 아니라, 친구네 집에 저녁 얻어먹으러 가는 거다."
 진오가 버스 기둥을 잡고 말했다.
 "저녁……. 진오 너 고등어 좋아하나?"
 해일이 물었다.
 "있으면 먹지만 딱히 좋아한다고 생각해 본 적은 없어. 왜?"

"우리 엄마가 고등어 애호가니까 참고해라."

"혹시 고등어 사 가야 되는 거냐?"

"엄마가 반찬으로 고등어를 내놓을 확률이 높다는 거지."

"상관없어. 생선은 다 잘 먹으니까. 그리고 남에 집에서 먹는 밥은 일단 육십 먹고 들어가는 거야. 그냥 다 맛있어."

해일은 버스 유리창에 비친 진오와 지란을 가만히 지켜보았다. 그게 언제인지 기억도 나지 않는다. 집에 친구를 데리고 간 마지막이. 일부러 피한 건 아닌데, 어느 날 돌아보니 늘 혼자 집에 가고 있었다. 실로 오랜만이었다. "우리 집에 놀러 와."라고 말한 것도.

"다음에서 내리자."

띠릭. 해일이 교통카드를 하차 단말기에 대며 말했다.

지란도 교통카드를 단말기에 댔다. 띠릭. 그 와중에도 운전기사는 신나게 브레이크를 밟아 댔다. 그 바람에 휘청거리던 지란이 진오의 등을 잡고 겨우 균형을 잡았다. 진오가 미리 옆에 서서 버텨 주고 있지 않았다면, 지란은 앞으로 고꾸라졌을 것이다.

"얘가 왜 사람 등짝을 내려쳐."

"미안 미안!"

"미안하면 내 카드도 좀 찍어라."

진오는 교통카드가 대롱대롱 매달린 요즘 보기 드문 2G 폴더폰을 내밀었다. 휴대전화에는 아주 작게 **4G스마트 by 4G 스타트**라고 씌어 있었다. 지란은 픽 웃고 단말기에 카드를 댔다. 띠릭.

"받아라, 니 4G 스타트폰."

"너 이게 얼마나 빨리 신호가 떨어지는지 알아?"

"4G인데 어련하겠어. 내리자."

버스 문이 열리자 지란이 냅다 뛰어내렸다.

해일이 먼저 집으로 들어갔다.

"아무도 안 계신 것 같은데?"

뒤따라 들어온 지란이 집 안을 살피며 낮게 말했다.

"모두 어디 가셨나 보다. 저기 스티로폼 박스가 부화기야, 가서 봐."

해일의 집에는 구석구석 크고 작은 화분이 많았고, 화분만큼 가족사진도 많이 놓여 있었다. 부화기는 볕이 잘 드는 베란다 창문 바로 앞에 있었는데, 아리 쓰리는 전구 밑에서 머리를 파묻고 자고 있었다. 둘이 딱 붙어 엉덩이를 내밀고 있는데 감탄이 절로 나올 만큼 사랑스러웠다. 해일이 베란다에서 신문지와 마른 풀을 가져왔다. 바닥을 갈아 주는 일은 해일이 집에 와서 제일 먼저 하는 일이다. 지란이 바짝 붙어 구경했다.

"자는데 막 갈아 줘도 돼?"

"살살하면 돼. 그럼 깼다가 금방 또 자."

깨워야 했다. 그래야 아리 쓰리의 훌륭한 모습을 더 잘 보여 줄 수 있다. 해일이 바닥의 풀을 살살 모으자 아리 쓰리가 잠에서 깨어 구석으로 쪼르르 달려갔다.

"아리야 쓰리야."

해일이 이름을 부르자 아리 쓰리가 머리를 획 들었다.

"자식들 똘똘하네. 후라이드 하나 양념 하나다."

"이렇게 예쁜 애들을 어떻게 먹냐!"

지란이 진오를 타박했다.

"치킨은 못생긴 닭들이라 먹는 거냐?"

해일이 쿡쿡 웃었다. 둘에게 어머니 아버지에게서 보았던 말폭탄을 본 것이다. 자신은 해철처럼 폭탄을 제거할 능력이 없는데, 늘 티격태격했다.

"저쪽으로 가."

아리 쓰리는 말을 알아들은 것처럼 해일의 손을 피해 물러났다. 해일은 신문지를 돌돌 말고 바닥을 청소했다. 그리고 능숙하게 새 신문지를 깔고 마른풀을 올렸다.

"바닥 새로 깔아 줘서 기분 좋겠다."

지란이 아리의 머리를 살짝 만졌다.

"안아 봐도 돼."

"그건 좀 무서워."

"나도 그랬는데 한 번 안아 보니까 괜찮더라."

해일이 아리는 지란의 손바닥에 쓰리는 진오의 손바닥에 올렸다.

"나 몰라, 무섭지는 않은데, 뭔가 무서워."

아리를 안은 지란의 손이 파르르 떨렸다.

"뭐래? 근데 발바닥 느낌이 되게 이상하다. 해일아, 화장실 좀 쓰자."

진오는 쓰리를 부화기에 내려놓고 화장실로 들어갔다.

"얘들 수탉이야 암탉이야?"

"아직 몰라. 더 크면 동물병원에 가서 물어보려고."

"동물병원에서 병아리도 감별해?"

"하지 않을까?"

그때 해철이 집으로 들어왔다.

"해일이 왔냐? 어, 와우! 여자 친구……."

그리고 신오가 화장실에서 나왔다.

"……와 남자 친구가 왔네. 실망인데."

해철은 팔짱을 끼고 지란과 진오를 바라보았다.

"안녕하세요."

"형님, 저녁 얻어먹으러 왔습니다."

지란은 살짝 수줍어했지만, 진오는 매우 뻔뻔하게 해철과 마주했다.

"저녁? 아…… 내가 한 저녁도 괜찮을까?"

"형이 왜 저녁을 해?"

해일은 해철의 요리 실력을 너무 잘 알고 있었다.

"엄마 공장 아주머니들 만나러 가셨어. 옷 갈아입고 나와서 해 줄게."

"진짜 형이 할 거야?"

"나 잘해."

"형 못해."

"미각이 예민한 자식일세. 짜장면 시켜 줘?"

"낮에 피자를 잔뜩 먹어서 기름진 음식은 좀 그래요."

진오가 인상을 찌푸리며 말했다.

"그럼 너희 삼총사가 해라. 내가 먹어 주마."

"우리가요?"

"냉장고 뒤져서 요리 하나씩 해 봐. 뭔가 재료가 있겠지."

지란과 해일과 진오는 멀뚱하니 서로를 바라보았다.

"대한민국 고2들의 순간 대처 요리 솜씨가 어떤지 좀 보자. 아참, 니들 우리 아리랑 쓰리 봤냐? 예쁘지? 우리 집에만 사는 닭수리들이다. 막 날아다녀, 하하하."

"네. 봤어요. 정말 예뻐요."

지란의 대답에 해철은 아리 쓰리를 흐뭇하게 내려다보고, 방으로 들어갔다.

지란은 해철이 방으로 사라질 때까지 눈을 떼지 못했다.

"오빠, 슈트발 끝내준다. 멋있어."

"우리 교복도 나름 슈튼데, 내 교복발에는 안 반했냐?"

진오는 넥타이를 고쳐 매며 어느 야시장 남성복 모델 같은 포즈를 취했다.

"냉장고나 보자, 뭐 있나."

지란은 진오를 무시하고 냉장고를 열었다.

"청국장 있다."

"너 그거 끓일 줄 알아?"

해일이 놀란 눈으로 물었다.

"된장찌개처럼 끓이면 되지 않을까?"

"그럼 넌 찌개 맡아라. 나는 고등어 구울게."

해일도 요리를 골랐다.

"순간 대처 요리 솜씨라니. 형님 참 이상하게 책임감을 부여하시네. 달걀 프라이는 좀 후지냐?"

"많이 후져."

지란이 대답했다.

"고등어 구이랑 달걀 프라이랑 뭐가 다른데?"

"니가 맥반석 달걀을 만들어내면 인정할게."

"좋아, 내가 깜짝 놀랄 만한 달걀 요리 하나 내놓는다!"

세 사람 모두 일단 큰소리부터 치고 요리를 시작했다.

식사는 해철이 짜장면이라도 시키자, 고 할 때 즈음 완성 됐다.

"얘들아, 배달 음식도 나름 고급스러운 게 많다."

"다 됐어요. 얼른 오세요."

지란이 해철을 보고 환하게 웃었다. 해철이 슈트를 벗고 추레한 운동복으로 갈아입고 있었지만 밉지 않았다. 좋은 감정은 처음 본 몇 초 만에 생겨 버리는 것이니까.

"그런데 아까부터 나는 이 냄새는 뭐냐?"

"청국장찌개 끓였어요."

"무난한 찌개도 많은데, 굳이 왜······."

해철은 청국장찌개를 제일 먼저 맛보았다.

"누가 변기의 물을 내리지 않은 거냐!"

그러고는 고개를 휙 돌려 화장실을 노려보았다.

"아무리 청국장이라도 그렇지, 어디서 이렇게 독한 냄새를……."

"그래도 맛은 괜찮지 않아요?"

"맛? 너 청국장이라는 음식을 알긴 아는 거냐? 국물은 어디로 간 거야?"

"너무 오래 끓여서 졸았어요."

"얼마나 뻑뻑한지 묻어 두면 금방 발효되겠다."

"그렇게 이상하면 먹지 말든가요!"

"안 먹을 거야. 설마 억지로 먹이는 건 아니지? 그럼 너 맞는다."

그렇게 지란은 화장실을 부르는 청국장찌개를 끓였고, 진오는 큰소리친 대로 달걀 열 개를 풀어 깜짝 놀랄 만한 크기의 달걀 프라이를 완성했다. 고등어 애호가 어머니를 둔 해일은 해동되지 않은 고등어를 그냥 구워, 겉은 까맣고 속살은 퍽퍽한 고등어구이를 완성했다.

"해일아, 아버지한테 전화해서 저녁 해결하고 오시라고 해라."

"그래도 썩 나쁜 식사는 아닌 것 같은데요?"

진오가 히죽히죽 웃으며 말했다.

"네 아버님 위장 좋으시냐? 그럼 다 싸 가라."

케이크 같은 달걀 프라이는 간이 전혀 되지 않아 소금을 찍어 먹어야 했고, 청국장찌개는 강된장처럼 밥에 비비고, 퍽퍽한 고등어구이는 명태 살처럼 찢어 먹었지만, 그래도 즐거운 저녁 식사였다.

"너희 우리 집에 진짜로 밥 먹으러 온 거냐?"

"아리 쓰리 보러 온 거예요."

해철이 묻고 지란이 대답했다. 도대체 누가 이 나라 고등학생들의 감수성을 의심하는가. 저 작은 병아리에도 기꺼이 움직이는 아이들인 것을. 해철은 이 세 명의 동생들이 마음에 들었다.

"나도 열 살 때쯤 보고 못 봤으니까, 한 이십 년 만에 보나 보다."

"열 살 뒤 이십 년이면…… 오빠 혹시 서른 살쯤 된 거예요?"

지란이 눈을 똥그랗게 뜨고 물었다.

"서른이야. 왜?"

"실망이에요."

"니가 왜 내 나이에 실망했는지 모르겠다만, 내가 청국장찌개에 한 실망에는 비할 게 못 될 거다."

"와하하하! 형님, 존경합니다."

진오가 엄지를 치켜들었다.

"그래도 나는 지란이 격하게 아낀다."

"얘를 뭘 보고요?"

"저 나이에 청국장 빚는 애 아직 못 봤으니까."

지란은 해철을 흘겨보았지만 기분이 상한 건 아니었다. 이 정도면 기분이 상할 만도 한데, 오히려 볼만 발그레해졌다. 사랑, 그게 그렇게 사람의 감정을 제멋대로 움직이게 했다.

"식사 다 했으면 가서 쉬어라. 뒤처리는 내가 하마."

"감사합니다!"

아이들은 재빨리 해일의 방으로 뛰어 들어갔다.

"니 방 진짜 깨끗하다!"

지란이 해일의 방을 둘러보며 감탄했다.

"엄마가 청소해서 그렇지 뭐."

"니 방 사진 좀 찍어 가야겠다. 우리 엄마도 좀 봐야 돼."

진오 역시 감탄했다. 어머니가 청소를 해 주긴 하지만 해일도 워낙 어지르는 스타일이 아니다. 똑같이 청소해 주는 해철의 방이 쓰나미 체험장을 연상시키는 것으로 보아 해일이 깔끔한 소년인 게 맞았다.

"이 자식 책상 속도 각 잡힌 거 아냐? 와! 무슨 건전지가 이렇게 많아?"

무심결에 책상 서랍을 열어 본 진오는, 가득한 건전지에 또 한 번 놀랐다.

"우리 아버지가 아파트 관리소장이거든. 관리 자재 많은데 거기서 가끔 건전지를 가져와. 필요한 사람 가져가라."

해일은 예상치 못한 상황에 당황했지만 매끄럽게 위기를 넘겼다. 도둑한테 거짓말은 필수 기술이다.

"우리 아빠만 그런 줄 알았는데, 아빠들은 다 똑같구나."

"왜?"

지란이 물었다.

"우리 아빠는 회사에서 자꾸 화장지를 가져와. 학교 화장실에 달린 그 왕두루마리 휴지. 우리 화장실에 앉아 있으면, 띠리리리 리리 학교종이 울릴 것 같다니까."

"하하하. 오래 쓰고 좋지 뭐."

"너 그 휴지 몰라서 그러냐? 손에 물이 쪼끔만 묻어도 뚝뚝 끊겨. 통 속에 손 집어넣고 막 돌려 봐야 내 맘을 알지. 건전지는 대박이다!"

"많이 가져가. 또 가지고 오실 테니까."

"우리 엄마 좋아하겠다. 뭐 가지고 오는 거 되게 좋아해."

해일은 가슴이 텅텅텅 뛰었다. 같은 버스를 타고, 같이 요리를 만들며, 함께 식사를 했다. 그러면서 문득 이 아이들에게 고백해도 될 것 같은, 고백해야만 할 것 같은 기분이 들기도 했다. 그런데 생각과는 전혀 다르게 훔친 건전지를 나눠 주고 말았다. 안 되는데, 이 아이들은 아무 잘못도 없는데, 그냥 집에 놀러온 친구들인데……. 좋은 아이들이 나쁜 아이를 만났다. 제 잘못을 몰래 나눈 도둑이라니. 물건을 훔칠 때보다 더 마음이 무거웠다.

"왜 그렇게 봐? 막상 주니까 아깝냐?"

진오가 건전지를 가방에 넣으며 물었다.

"아니, 더 가져가도 돼서……."

"다음에 또 가져가지 뭐."

고백 실패. 뽑아내지 못한 고백이 가시가 되어 더 깊이 박히고 말았다. 잘못 고백했다가 친구들을 잃을까 겁이 났던 것이다.

부우웅.

그때, 지란의 휴대전화에 메시지가 도착했다.

지란아 지란아

허는 술만 마시면 이름을 연달아 불렀다. 하필 지금 메시지를 보내다니. 다들 아버지 이야기로 웃고 있는데. 지란은 답장을 보내지 않았다. 마음 같아서는 전원을 끄고 싶었지만 해일과 진오가 이상하게 볼 것 같아 차마 끌 수도 없었다.

부우웅.

역시 또 허다.

"아 짜증 나, 꽝 없는 대박 찬스는 뭐야!"

지란은 휴대전화를 아예 가방에 넣어 버렸다.

"진오야, 늦었는데 우리 그만 집에 가자. 해일아, 건전지 고마워."

"있는 거 주는 건데, 뭘."

해일과 지란이 함께 웃었다.

"이것들이 왜 마주 보고 실실대? 형님! 애들 서로 격하게 아끼는데요?"

설거지를 마친 해철이 다가왔다.

"이런 건전한 녀석들, 보호자 앞에서 대놓고 사귀기냐?"

"하하하하!"

"형님, 난 애가 자기랑 전혀 상관없는 것처럼 저렇게 웃을 땐 정말 미치겠어요."

진오가 해일을 멍하니 바라보며 말했다.

"하하하하!"

"저거 봐요."

"모자라서 그래. 진오야 지란아, 내 동생 잘 부탁한다."

삐악삐악 앞마당에 병아리 어여쁘구나. 노란 노란 병아리 어여쁘구나……. 그때 해철의 방에서 매우 낯익은 벨소리가 울렸다. 건전한 벨소리의 종결곡 「병아리」다.

"저 벨소리, 형님 벨소립니까?"

"응. 나 전화 와서 멀리 못 나간다. 또 와라."

해철이 방으로 들어가 전화를 받았다.

"여보세요. 아 네, 아버지……."

진오가 해일을 바라보았다.

"저거 니네 가족 공식벨이냐? 대체 왜 그러는 건데?"

"하하하하. 가자, 버스 정류장까지 바래다줄게."

오랜 야간 자율 학습으로 밤길에 익숙한 아이들이다. 어둠을 쓰고 목적지만 바라보며 걷는. 누가 말을 거는 것조차 귀찮다. 혹시 누구 아니세요? 글쎄요. 실례했습니다. 뒤돌아, 사실은 내가 그 누구 맞습니다만……. 지쳐 버린 아이들의 의도적인 숨김. 늘 귀에 이어폰을 꽂고 주변으로부터 자신을 분리한다. 그리고 쓸쓸해한다. 오늘 밤처럼 이어폰을 꽂지 않고 이야기를 주고받으며 걷는 일은 매우 드물었다.

"니네 집, 되게 따뜻하더라."

"우리 집이?"

"따뜻해. 해철이 오빠도 근사하고. 나도 그런 오빠 있었으면 좋겠다."

"난 잘 모르겠는데."

"있으니까 모르지. 진오야, 너도 형제 있어?"

"중3짜리 여동생 있어."

"좋겠다."

"좋긴 뭘 좋아. 걔는 '문 닫아!' '리모컨!' 소리밖에 몰라."

"다들 있으니까 모르는 거야. 그게 얼마나 좋은 건지."

"외동이 얼마나 부러운지 얘가 아직 모르는군."

"나 옛날에는 진짜 외동이었는데, 지금은 좀 이상한 외동이야."

진오는 지란을 바라보았다. 그러나 왜냐고 묻지는 않았다. 직감이었다. 먼저 말은 꺼냈지만 길게는 하고 싶지 않은, 그런······.

버스가 도착하고, 진오와 지란이 나란히 올라탔다.

해일이 창문 밖에서 잠깐 손을 들어 짧게 인사했다.

"자식이 인사 한번 쿨하게 하네."

"그게 해일이 매력이야."

"너 해일이 때문에 간 거냐, 병아리 때문에 간 거냐?"

"당연히 아리 쓰리 때문이지!"

"얘가 병아리한테 이상한 사심을 보이네."

지란은 뭐라고 쏘아붙이려다 꾹 참았다. 쓸데없는 말만 길어질 테니까.

진오가 먼저 버스에서 내렸다. 그리고 해일처럼 손을 들어 쿨하게 인사했다.

"못 말려."

지란은 등받이에 푹 기대어 앉았다. 아리 쓰리는 예뻤고, 해일네 집은 따뜻하고 포근했다. 만약에 눅눅하고 질척질척했다면 어땠을까. 사실은 나도 그랬다고 위로 받았을까. 지란은 고개를 돌려 창밖을 내다보았다. 아니다. 질척함은 자신의 집만으로 충분했다. 친구네 집에서까지 그런 경험을 하고 싶지 않았다. 따뜻하고 유쾌한, 그 기운만 느끼면 되는 거였다. 그렇게 따뜻한 집도 있다고 그래서 좋았다고. 지란은 휴대전화를 확인했다. 예상대로 허에게 메시지가 와 있었다.

너 아주 나쁜 년이야.

아버지가 딸에게 보낸 욕 메시지다. 신고라도 할 수 있다면. 버리기라도 할 수 있다면. 꽉 물고 있는 저 지긋지긋한 이빨을 뽑아 버리고 영원히 도망칠 수만 있다면.

지금 어디야?

집이다.

지란은 버스에서 내려 택시를 잡았다.

지란은 열쇠로 직접 문을 열고 들어갔다.
술에 취해 소파에 누워 있던 허가 놀라서 일어났다.
"왜 자꾸 문자 보내? 왜 자꾸 아무 때나 문자하냐고!"
"딸한테 문자 보내는 것도 미리 허락받아야 되냐?"
"아빠니까 그냥 아빠라고 우기면 다 되는 거야?"
허는 술이 확 깨는 것 같았다. 벌써 열여덟 살 된 딸이다. 조금 더 자라면 이해해 주겠지. 아비의 사생활은 차치하고 저만은 끔찍하게 사랑한다는 것쯤은 알아주겠지 했다.

"너 아빠한테 이러는 거 아냐."

"아빠는 딸한테 이래도 돼?"

"아빠를…… 조금도 이해할 수 없는 거니?"

"무슨 이해? 아빠가 대담한 수컷이라는 거?"

수컷. 허는 지란을 마구 내려쳤다. 지란은 허가 이성을 잃었다고 생각했고, 허는 자신이 어느 때보다 이성적이라고 생각했다. 아버지에게 수컷이라고 하는 딸, 이렇게 맞아야 하는 거라고. 일초의 망설임도 없이 "엄마하고 살 거야."라고 했다. 서운했지만 티 안 내고 지란의 결정을 따랐다. 그때도 이렇게 아프지는 않았다.

"잘 때조차 변하지 않는 그 징그러운 무표정을 니가 알아! 너 당장 가서 사진첩 뒤져 봐. 수백 장을 봐도 지긋지긋한 얼굴만 나올 테니까. 엄마가 너 보면서 웃는 얼굴까지 소름 끼쳤어. 굳은 찰흙이 웃는 거 상상해 봐!"

"아빠가 만든 얼굴이야."

"니 엄마는 처음부터 그런 얼굴이었어."

"그럼 진작 헤어지지 그랬어?"

"너 때문에 못 헤어졌다. 내 딸이 이혼한 부모 밑에서 자라지 않게 하려고."

"이혼한 부모 밑에서 자라는 건 안 되고, 방탕한 아빠 밑에서 자라는 건 돼?"

"……."

허는 말문이 막혔다. 메시지를 보내면 지란은 늘 쌀쌀맞은 답장을 보냈다. 그래도 보고 싶어서, 그래도 지란이 보낸 문자가 예뻐서, 보내고 보내고 또 보냈다. 가끔 찾아와 바늘 같은 말만 하고 돌아가도 또 보고 싶었다. 존재하는 모든 지루함을 다 가진 표정으로 사는 제 어머니를 닮을까 봐 실없는 농담도 많이 했다. 지란이라도 즐겁게 살라고. 허는 소파에 털썩 앉았다.

"너라도 예쁘게 살길 바랐는데, 참 아프게 산다."

"아빠만 없었으면 벌써 예쁘게 살았어."

부릅뜬 지란의 눈에서 눈물이 흘렀다. 달걀로 병아리를 부화시키는 동생, 외출하고 돌아와 병아리의 안부를 묻는 형, 아들이 부화시킨 병아리에게 꼬박꼬박 먹이를 챙겨 주는 어머니, 그것들에게 집을 지어 주겠노라 재료를 모아 둔 아버지. 그런 가족이 지란의 집에는 없었다. 갈기갈기 찢긴 종이처럼 너덜한 상처만 남은 집. '나' 때문이 아니라 '너' 때문이라는 말만 쏟아지게 만드는 집, 지란은 이 끔찍한 집이 싫었다.

"아빠가 널 얼마나 사랑했는데……."

"길거리 똥개도 나 사랑하고, 우리 동네 슈퍼 아저씨도 나 사랑하고, 한 번도 본 적 없는 어떤 나라 외국인도 대한민국 청소년들 다 사랑한대!"

자기 사랑이 무슨 절대 사랑이라고. 자기가 사랑한다고 하면, 아, 그러셨군요. 내가 아빠의 사랑을 받은 거였군요, 이제 나도 아빠를 사랑하겠어요. 그럴 줄 알았나. 미안하다는 사과도 역겨운데 사랑씩이나. 지란에게 있어 허의 사랑은 실체도 없고 무게도 없는 허망한 사랑일 뿐이었다. 지란은 팽개쳐진 가방을 주워 끈을 꽉 쥐었다.

"엄마가 아빠랑 헤어지고부터는 맨날 웃는 거 모르지? 자면서도 웃어."

지란은 밖으로 나와 문을 쾅! 닫았다.

'가만히 안 둬······.'

미움과 미움이 뭉쳐 거대한 원망 덩어리로 자라 버렸다.

그 덩어리에 허가 맞았다.

"아빠한테, 어떻게 아빠한테······."

허는 몸을 웅크렸다. 뜨거운 오열도 딸의 차가운 말이 박힌 한기를 녹이지 못했다. 미련한 허. 허는 그때까지도 자식이 부모에게 들이대는 윤리와 도덕의 잣대가 얼마나 엄격한지 전혀 모르고 있었다. 부모의 손은 다른 남녀와 살짝만

스쳐도 안 됐다. 그런데 허의 손은 다른 여자의 손을 지나치게 많이 잡았다. 지란에게 캐러멜을 너무 많이 사 준 것이다. 너무 달아 생목이 오를 정도로.

다음 날 저녁, 해철이 집으로 들어오자마자 해일이 방으로 끌고 들어갔다.
"형, 지금 집 분위기 안 좋아."
"왜?"
"엄마랑 아버지, 한바탕 했어."
"왜?"
"공 사장 아저씨, 중국에서 오셨대."
"그게 뭐 어쨌는데?"
"잠깐 온 게 아니라 아예 오셨나 봐."
"그게 엄마 아버지랑 무슨 상관이냐고."
"공 사장 아저씨가 옛날에 일했던 분들이랑 다시 일하고 싶대나 봐."
충분히 검토하지 않고 밀어붙인 사업이었다. 현지 사정을 꼼꼼하게 살피지 않고, 무작정 중국으로 건너간 것이다. 일단 노동력이 싸다는 건 큰 매력이었다. 그러나 밀려드는 동종 업체와의 경쟁으로 제품 가격을 계속 낮춰야 했으니

값싼 노동력의 매력은 금세 떨어졌다. 중국 물가는 하루가 다르게 치솟았다. 임금을 올려야 하는 건 당연했고, 임금마저 지불하지 못할 때가 많았다. 중국으로 간 지 꼭 육 년 만에 맨손으로 돌아온 공 사장. 어딜 가든 인복은 있는데 돈복은 없어, 언제라도 술 한잔 기울일 수 있는 친구들만 남기고 돌아왔다. 여간해서는 마음을 열지 않는다는 중국 사람들 속에서도 천 잔의 술도 부족한 벗을 남기고 왔으니, 눈물 나는 와중에도 허허 웃을 일이었다.

배운 도둑질이 가발이라고, 한국으로 돌아온 공 사장은 역시 또 가발 사업에 관심을 보였다. 규모는 작아도 수제 맞춤 전문으로 틈새시장을 노릴 참이었다. 고객들 입소문에 승부를 걸어 보는 것이다. 그런 면에서 해일 어머니는 어떻게든 확보해야 할 귀한 기술자였다. 요즘에는 손으로 직접 모발을 심는 낫팅 기술을 전수받는 이가 거의 없기 때문이다. 그런데 공 사장이 해일 아버지의 오랜 숙적이었으니 이게 또 만만치 않았다. 모든 게 가발 공장 야유회 날, 공 사장과 해일 어머니가 함께 춤추는 모습이 찍힌 사진 한 장 때문이다. 공 사장이 아내를 먼저 보낸 홀아비라 해일 아버지의 경계는 더욱 삼엄했다. 해일 어머니가 공 사장에게 김치나 밑반찬을 가져다주었는데, 그런 일마저 해일 아버지는 아주

못마땅했던 것이다.

"별일도 아니네."

해철이 방에서 나갔다.

어머니는 식탁 의자에 석고처럼 앉아 있었다. 심사가 뒤틀리거나 뭔가 심각한 거리가 있을 때 나오는 자세다. 여느 어머니들은 이불에 드러눕는다는데 어머니는 늘 식탁 의자에 앉았다. 아버지는 부화기 앞에 쪼그리고 앉아 아리 쓰리를 보고 있었다. 어머니와 아버지의 등. 어머니의 등은 나 건들지 마라, 는 말을 하고 있었고, 아버지의 등은 나도 불만은 있으나 일단 피하겠다, 는 말을 하고 있었다.

"아버지, 저 왔어요. 엄마, 나 왔어."

어머니가 식탁을 꾹 짚고 일어났다. 종아리에 밀린 의자가 바닥을 심하게 긁었다.

"해철이 너, 아버지한테는 존댓말하면서 왜 나한테는 꼬박꼬박 반말이야!"

"어머니 밥 좀 주세요."

"니가 차려 먹어!"

어머니는 냉장고 커버 주머니에서 지갑을 꺼내 현관으로 갔다.

"엄마 어디 가?"

해일이 신발을 신는 어머니 옆에 쭈그려 앉아 물었다.

"이것들이 왜 나한테는 전화로 여보세요 할 때만 존댓말이야!"

어머니는 뒤도 돌아보지 않고 밖으로 나갔다.

"형, 아버지도 아직 식사 안 하셨어."

"넌?"

"난 아까 먹었지."

아버지의 등은 이제 불만을 넘어 분노로 치닫고 있었다.

"아버지, 식사하셔야죠."

"식사가 있어야 식사를 하지! 여편네가 다 늦게 어딜 가는 거여!"

아버지가 버럭 소리를 지르는 바람에 놀란 아리 쓰리가 푸드덕 날아다녔다.

"콱 잡아먹기 전에 가만히 안 있을래!"

아버지는 당장 아리 쓰리의 목을 딸 것처럼 노려보았다.

"제가 얼른 차릴게요. 해일아, 밥 퍼라."

해철의 말에 해일도 서둘렀다. 그러나 밥솥에는 방금 씻은 듯한 빈 솥만 들어 있었다. 어머니가 찬거리를 사서 금방 올 것 같기도 하고, 화가 나서 그냥 나간 것 같기도 해서, 해일은 난감했다.

"형, 밥이 없어."

"지금 하면 되지. 아버지, 좀 기다리셔야겠어요."

"그냥 짜장면이나 시켜!"

"엄마 금방 오지 않을까요? 전화해 볼게요."

해철은 어머니의 휴대전화로 전화를 걸었다.

삐악삐악. 앞마당에 병아리 어여쁘구나. 노란 노란 병아리 어여쁘구나. 해일이 만들어 가족 공식벨로 지정된 「병아리」는 안방에서 울렸다.

"이 닭대가리 같은 자식아, 열 받아서 나간 사람한테 와서 밥 하라고 하면 하겠냐? 그냥 짜장면 시켜!"

아버지는 아리 쓰리에게 눈도 안 떼고 소리쳤다.

"근데 아버지……."

"왜?"

"전 간짜장 곱빼기 괜찮을까요?"

"먹어라, 먹어, 간짜장 곱빼기!"

해철이 중국집에 전화를 걸었다.

"여기 만복 빌라 304호인데요, 간짜장 하나, 간짜장 곱빼기 하나……."

"고량주도 한 병 시켜라."

"그리고 고량주 한 병, 깐풍기 대 자 하나요."

해철이 주문을 마치고 전화를 끊었다.

"깐풍기는 누가 시키래?"

"아버지가 아리 쓰리를 너무 간절하게 보시는 것 같아서요."

"이 자식이, 간짜장도 곱빼기 시킨 놈이 누가 다 먹으라고 그렇게 많이 시켜?"

"저 생각보다 많이 먹습니다."

"하이고……."

아버지 한숨이 깊었다.

생각보다 많이 먹는다던 해철은, 생각보다 훨씬 더 많이 먹었다. 아버지는 고량주와 깐풍기만 몇 점 먹고 간짜장은 거의 손도 안 댔는데, 그것마저 해철이 다 먹어 치운 것이다. 어머니는 빈 그릇을 내놓고 환기를 다 시킬 동안에도 오지 않았다. 해철이 베란다에 서서 밖을 내다보았다.

"전화기도 안 가져가고…… 무슨 일 있나?"

"뭘 걱정해? 다 늙은 할망구 누가 잡아갈라고."

"아버지, 힐미니들 데려가도 요긴하게 부려먹는대요."

해철이 낮은 목소리로 진지하게 말했다.

"이 자식은 왜 맨날 진지하게 지랄을 떨어 지랄을!"

"진짜라니까요. 아버지가 한번 나가 보실래요?"

"내가 왜 나가. 냅 둬. 공 사장 놈 만나러 갔겠지."

"그건 아니에요. 아주 어렸을 때부터 그건 아니었어요."

아버지의 깨알 같은 질투에 해철이 피식 웃었다.

"아니긴 뭘 아녀? 둘이 좋아 죽지."

"그런 거 아니라니까요, 글쎄."

그러자 아버지가 바지 앞섶에 손을 쫙 펴고 뭔가 자르는 시늉을 했다.

"공 사장 그거 혹시 여기 그거래?"

"하하하, 그건 저도 모르겠고요, 아버지가 생각하는 그런 건 확실히 아니에요."

"썩을 놈. 나가서 찾아봐라. 뭐 미쳤다고 그렇게 입고 나가서 여직 안 와."

"소화도 시킬 겸 나가 볼게요. 해일아, 같이 가자."

해철과 해일은 어머니의 점퍼를 챙겨 밖으로 나갔다.

"엄마하고 아버지 귀엽지 않냐?"

"형, 정말로 공 사장 아저씨하고 엄마하고 무슨 일 있었던 거야?"

"없었어. 엄마가 원래 다른 사람들하고 잘 어울리잖아.

이것저것 주기도 잘 하고. 공 사장 아저씨 부인 돌아가신 뒤에 좀 더 챙겨 준 거야. 엄마가 그 공장에서 몇 십 년을 일했는데 정이 안 가겠냐? 그냥 의리야, 의리."

"엄마가 형이 하는 연구가 뭐냐고 자꾸 물어봐."

"말했는데."

"솔직히 나도 잘 모르겠어. 감정을 똑같이 분배하는 게 더 이상한 것 같아."

"그렇게 하는 거 아냐 인마. 똑같이 분배돼 있으면 그게 사람이냐? 로봇도 그렇게는 안 돼 있겠다."

"형이 대체 그걸 어떻게 한다는 거야?"

"지금 임상 실험 중이다."

"누구?"

"우리 가족."

"너무하잖아!"

"그렇게 너무한 걸 남한테 하냐?"

"그럼 우리 지금 조작되고 있는 거야? 그래서 아버지가 엄마 막 의심하는 거야?"

"하하하하. 그런 거 아냐 자식아."

순간 해일은 자신이 해철에 의해 조작되고 있길 바랐다. 그래서 자꾸 남의 물건에 손을 대는 거라고. 어쩐지 자신이 도둑을 직업으로 생각할 리가 없다고, 빨리 실험 끝내고 처음으로 되돌려 놓으라고, 해철의 가슴을 쾅쾅 내려치고 싶었다.

"감정 설계가 잘못되면 행동에도 영향을 주겠지?"

"엄청 주지. 저기 엄마 있다. 엄마!"

어머니는 문 닫은 해성 쇼핑 앞 벤치에 우두커니 앉아 있었다. 어둠이 어머니 얼굴의 잔주름은 가렸지만 수심까지는 가리지 못했나 보다. 밤바람보다 더 쓸쓸한 얼굴이었다. 나이에 비해 작고 단단한 몸을 유지하고 있지만, 홀로 앉아 있는 어머니는 많이 작아 보였다.

"엄마 여기서 뭐 해?"

"그냥 앉아 있었어. 니네는 왜 나왔어?"

"엄마 마중 나왔지. 춥지, 이거 입어."

해일이 어머니에게 점퍼를 내밀었다.

"뭘 이렇게 많이 샀어? 고등어만 잔뜩 산 거 아냐?"

"오늘은 고등어 물이 안 좋아서 못 샀어. 대신 삼치 두 마리 샀다. 얘, 근데 생선 가게 옆에 분식집 있잖아."

해일이 웃으며 어머니 옆에 앉았다. 버스 불빛에 비친 해일의 미소가 밝았다.

"그 아줌마가 또 삼치나 사 가지 웬 말이 그렇게 많아,

그래?"

"아니, 분식집 문 닫았더라."

"왜?"

해철도 어머니 옆에 앉으며 물었다.

"통 손님이 없나 봐. 근데도 여기 세가 그렇게 비싸단다. 한 달 장사한 걸 다 모아도 세가 안 빠진대. 그래가지고 분식집 여편네가 주인이랑 엄청 싸웠나 봐……."

두 아들을 끼고 이야기하는 어머니는 행복했다. 자신이 걱정되어 나온 아들들이 든든했고, 점퍼까지 챙겨온 세심함에, 그래도 공 사장이나 분식집 여자보다는 근사하게 살고 있지 싶었다. 생각해 보면 그 옛날 답십리 시절부터 지금까지 경기가 좋았던 적이 없었다. 거룩하게 나라의 총체적 경제 발전까지 돌아볼 오지랖은 없다. 빼곡하게 빌딩이 들어서도 그런 건 늘 남의 것이었으니까. 일에 눌려 버스 창문에 머리를 쾅쾅 박으며 졸면서도 택시는 엄두도 내지 못했다. 가끔 가까운 곳으로 야유회를 갔지만, 경제가 좋아서가 아니라 일에 미쳐 버리기 직전 숨통을 틔우기 위해 간 것이다. 그리고 돌아와 다시 가발을 만들었다. 섬세한 손놀림이 필요했고 작은 틈새를 집중해서 봐야 하는 탓에 저절로 눈물이 흘렀고 시력도 나빠졌다.

그래도 작은 꿈이 있었다. 날마다 A급 한우는 먹지 못해도 좋은 날에는 양념 잘된 돼지갈비를 가족과 행복하게 먹을 순 있지 않겠냐고. 도둑질하지 않고 남 아프게 하지 않으며 성실하게만 살면, 부자가 아니어도 예쁘게 살 수는 있지 않겠냐고. 그런데 그렇게 같은 마음으로 살던 사람들이 자꾸 주저앉았다. 공장 직원들을 돌아가는 기계보다 홀대했던 시절에도, 공 사장은 나름 좋은 숙소와 점심을 제공하려 노력했고, 명절날 고향에 내려가는 직원들을 빈손으로 보내지 않았다. 자기 주머니보다 직원들 주머니를 먼저 채웠던 공 사장이, 한국에서도 중국에서도 주저앉았다. 입은 좀 걸어도 음식만은 맛깔나게 하고 인심도 후했던 분식집 여자도 주저앉았다. 도대체 그들이 어떤 욕심을 내고 살았단 말인가. 어머니는 그것이 못내 안타까웠다. 그렇게 주저앉은 사람들, 다시 일어날 수 있게 손잡아 줘야 하지 않겠나.

"해철아, 저녁 어떻게 했어? 밥 없었을 텐데."

"대충 먹었어······."

분위기상 간짜장 곱빼기에 깐풍기까지 시켜 먹었다는 말은 도저히 할 수 없었다.

"우리 저기 가서 닭갈비 먹자. 저긴 늦게까지 해."

어머니가 길 건너 24시 닭갈비집을 가리켰다.

"괜찮아."

"너 생각보다 많이 먹는 앤데 대충 먹어서 되겠어? 가자, 엄마가 쏜다."

"다음에 쏘면 안 될까?"

"다음이 어딨어, 오늘 아니면 아닌 거지. 가자 아들들!"

해일이야 일찍 먹은 저녁이 이미 소화돼 문제없었지만, 아직 배가 터질 것 같은 해철은 난감하기 이를 데 없었다.

"니가 책임지고 먹어 치워라."

해철이 해일에게 속삭였다.

"나 생각보다 적게 먹어."

"……니가 이거 들어, 자식아."

해철은 장바구니를 한 번 툭 차고 어머니 옆으로 달려갔다.

"너무 많다."

해철이 음식을 앞에 두고 기겁하다니 실로 놀라운 일이었다. 점원은 한 치 오차도 없이 어머니가 주문한 양만큼의 음식을 내왔다. 닭갈비 사 인분과 우동사리가 둥근 철판에 수북하게 쌓였다.

"너 혼자 삼 인분도 먹잖아. 엄마도 저녁 안 먹었어. 다 먹고 밥 볶아 먹자. 그리고 아버지한테 전화해 봐. 먹으려면 와서 먹으라고 해."

해철이 아버지에게 전화했다.

"아버지, 여기 해성 쇼핑 건너편 24시 닭갈비집인데요, 와서 식사하세요."

"미친놈, 너는 식사를 몇 초당 한 끼씩 하냐? 뭘 또 처먹어?"

"엄마가 닭갈비 쏘신대요. 오셔서 소주 한잔 하세요."

"맨날 돈 없다더니 갑자기 웬일이여. 기다려라."

해철이 전화를 끊었다.

"금방 오신대."

"술 마시라니까 오겠지. 여기 소주 한 병하고 닭갈비 일 인분 더 주세요!"

"왜 또 시켜!"

"아버지 오신다잖아. 밥 먹여서 들어가야지, 안 그러면 집에 가서 또 찾는다."

"소주만 드실 텐데……."

점원이 추가한 닭갈비 일 인분을 커다란 불판 한쪽에 넣었다.

"와서 해 드릴 테니까, 이쪽은 건들지 마세요."

누구도 건들 생각이 없는데, 점원은 경고처럼 말하고 주방으로 들어갔다.

"형, 자기 몫 정확히 분배해야 돼."

"……."

해철은 불판에 넘치는 닭갈비와 해일을 번갈아 바라보았다.

아버지가 식당으로 들어왔다.

"아버지!"

해일이 아버지를 불렀고, 해철이 방석을 깔았다.

"오늘이 무슨 닭의 날이여? 닭만 오지게 먹는구만."

"해철이가 저녁을 부실하게 먹은 것 같아서 많이 시킨 거여."

"그려, 실컷 먹어라."

아버지가 해철을 바라보며 한숨처럼 낮게 말했다.

"아버지 한 잔 받으세요. 엄마도 한 잔 해."

"느이 어머님께서 존댓말 쓰랬잖아, 자식아."

해철은 아버지 어머니에게 술을 따랐다. 두 사람 모두 단번에 쭉 들이켰다.

"으이구, 쓰다!"

어머니가 인상을 찡그렸다.

"아버지……."

"왜?"

"바쁘시지 않으면 저도 한 잔만……."

"닭 먹느라 바쁘다 자식아!"

아버지는 해철의 잔에 소주를 따랐다.

"해일이 너도 술 하냐?"

"아뇨."

"그럼 당신이나 한 잔 더 받어."

"웬일이래, 나한테 술을 다 따르고."

"당신이 쏘는 거니까."

어머니 얼굴이 보기 좋게 발그레해졌다.

"여보, 옛날에 당신이 잘 사 온 그 도나스, 인제는 안 파나 봐?"

어머니가 아버지 앞으로 잘 익은 닭갈비를 밀어 주며 물었다.

"그 자리에 큰 개인병원 들어섰잖어. 말도 마, 거기 경비가 공무원보다 더 지독하게 잡상인들 내몰어. 그 양반이 도나스 하나는 기막히게 잘 꿨지."

"엄마 아버지도 참. 도나스가 뭐예요, 도나스가."

해철은 음식으로도 배가 터질 수 있다는 것을 몸소 보여 줄 것처럼, 꾸역꾸역 닭갈비를 먹으며 말했다.

"도나스가 도나스지, 오늘은 도나스도 닭고기라고 불러 주까?"

"하하하하!"

늦은 밤 닭갈비집은, 배부르고 맛있게 따뜻했다.

7

권고 사항

 "개인 사정으로 야자 못 하는 사람은 부모님 자필 편지 받아와라. 연결 가능한 전화번호 적어 놓고. 부모님 휴대전화로 문자 보내는 건 안 된다. 마치자."

 담임이 교실을 나갔다.

 "지란아!"

 다영이 지란의 책상에 몸을 바짝 숙이고 낮은 목소리로 불렀다.

 "왜?"

 "용창느님 넥타이 푼 거 봤어? 아침에는 매고 있었잖아."

 "어? 그러고 보니 그러네. 웬일이야!"

"나 몰라! 단추도 두 개나 풀었어, 섹시해!"

"세 개 풀면 아주 죽겠네."

"나 몰라, 나 몰라, 나 몰라!"

다영이 책상을 도도도도 낮게 두드리며 좋아했다. 그 모습에 지란이 픽 웃었다. 만일 지란이 해철을 만나지 않았다면, 다영보다 더 큰 반응을 보였을 게 뻔했다. 그러나 이제는 담임보다 해철이 먼저인 것이다. 어쨌거나 담임이 넥타이를 풀고 교실에 나타난 건 실로 오랜만이었다. 몇 년이나 됐을까. 아마 제자에게 맞고 난 뒤부터일 것이다. 늘 주름 하나 없는 양복에 넥타이를 바짝 조였다. 정지, 거기까지만. 예를 갖추는 동시에 바짝 다가옴을 경계하는. 동시에 자신도 그 경계선 밖으로 나가지 않았다. 그런 담임이 오늘 넥타이를 풀었다. 10반 아이들이 담임의 넥타이를 푼 것이다.

"근데 니네 진짜 해일이네 갔어?"

다영이 그제야 자세를 똑바로 하고 물었다.

"가서 아리 쓰리도 보고, 청국장도 만들었어."

"청국장을 왜 만들어?"

"어떻게 하다 보니까 그렇게 됐어. 하하하하."

"해일이네 언제 또 갈 거야?"

"글쎄, 아리 쓰리가 좀 더 크면 가 볼까? 해일아, 또 가도 돼?"

지란이 고개를 휙 돌려 해일에게 물었다.

"니들 맘대로 해."

"우리 맘대로 하라는데? 아리 쓰리 잡아먹기 전에 한 번 더 가 보자."

다영의 얼굴이 살짝 붉어졌다. 지란이 씨익 웃었다.

"왜 웃어?"

"내가 뭘?"

지란이 시큰둥한 표정을 지었다. 앙큼한 다영 같으니라고. 하필이면 남녀의 미묘한 관계에 눈 밝은 지란에게 걸리다니. 입으로는 용창느님을 찾으면서 가슴에는 해일느님을 품고 있었다.

"민해일, 박진오, 잠깐 나 좀 보자."

지란이 해일과 진오를 불렀다.

"왜?"

해일이 물었다.

"좀 보자는 말 이해 안 되냐? 교실에서 대놓고 말하기 좀 그렇다는 거잖아. 난 뭐 이런 것까지 설명해야 해. 나 오늘 학원 가니까 빨리 나와. 뭔지 들어나 보자."

진오가 먼저 가방을 들고 일어섰다. 지란도 자리에서 일어났다. 차마 다영에게는 같이 가자고 할 수 없었다. 다영에게는 도저히 할 수 없는 부탁이 있었다.

지란과 해일과 진오는 구령대 뒤 계단에 나란히 앉았다.
"나까지 부른 걸 보면 병아리 얘긴 아닌 것 같고, 어차피 할 말 빨리 해라."
진오는 지란이 아니라 운동장을 바라보며 말했다.
"진오야, 너 오늘 꼭 학원에 가야 돼?"
"되도록이면 가야지."
"해일이 너는 학원 안 다니지? 혹시 오늘 다른 약속 있어?"
"없어."
"이 자식 학원 안 다니는 거 어떻게 알았어? 니들 혹시 남몰래 가까운 사이냐?"
진오는 미간에 주름을 잔뜩 잡고 지란과 해일을 번갈아 보았다.
"장난치지 말고, 너 오늘 꼭 학원 가야 하는 거지?"
지란이 다시 한 번 물었다.
"얘가 부탁 듣기도 전에 사람 갈등하게 만드네."
지란이 잠시 말을 끊고 운동장을 바라보았다.

"니들 가택 침입 한번 해 볼래?"

"……."

이번에는 해일과 진오가 말없이 운동장을 바라보았다.

"찢고 부수고, 가지고 싶은 거 있으면 가져도 되는데."

"너 지금 우리랑 뭐 하자는 거냐?"

진오는 뒤꿈치로 계단을 텅텅 찼다.

"못된 악어가 한 마리 있어. 도와줘."

"악어라……. 넌 어때?"

진오가 해일에게 물었다.

"글쎄. 바로 오케이 하기에는 정보가 너무 부족하다. 남의 집에 잠입해서 물건을 박살내야 한다는 건데, 우리가 저 집 쓸자, 오케이! 그렇게 객기 부릴 나이는 아니잖아. 우리를 움직이게 할 뭔가는 있어야지."

해일은 아주 사소한 이야기처럼 태연하게 말했다. 어떤 눈이 보고 있을지 모른다. 99퍼센트의 성공을 실패로 만드는 건 예측할 수 없는 1퍼센트의 그 무엇이다. 해일의 직감이다. 지금 지란이 하는 부탁은 분명 누구에게도 누설하면 안 되는 불길한 부탁이다. 음산한 동시에 뜨거운, 하지 않으면 좋은데 기어이 하고야 마는, 씁쓸한 부탁인 것이다.

"친아빠네야. 나도 같이 갈 거고. 불법침입은 아니네."

진오는 지란을 빤히 바라보았다.

"패륜은 불법침입하고 급이 달라. 넘사벽이야."

"이렇게라도 하지 않으면 진짜 수위 높은 짓을 할 것 같아서 그래."

"너 혼자도 될 것 같은데, 왜 우리한테 부탁하는 거야?"

"나 혼자는 무서우니까……."

"무슨 사정이 있는지 모르겠지만, 그래도 좀 심하네."

"진오 너도 패고 굶겨야, 아, 괴롭게 사는구나 할래? 사람 앞에 두고 교묘하게 병신 취급 하는 거, 너 당해 봤어?"

세상이 자신을 중심으로 돌아가는 줄 아는 인간. 혹은 그래야 한다고 믿는 인간. 자신은 되는데 남은 안 되는, 이중 해석이 가능한 말로 비웃고 누가 따지고 들면 그런 뜻이 전혀 아니었다고 오히려 열을 내는 인간. 그런 행동이 어떤 결과를 부르는지 확실하게 보여 주고 싶었다.

진오는 입술을 앙다물었다. 용창느님을 찬양하고 기똥찬 전자수첩이라며 어린아이처럼 으쓱대고, 천진하게 병아리를 보러 가자고 조르던 아이다. 그런데 오늘은 친아버지를 뼛속까지 증오하는 모습으로 앉아 있다. 너의 진짜 모습은 어느 것이냐고 묻고 싶었다.

"진오 너 어차피 갈 거면서 뭘 그렇게 따져?"

해일이 진오 어깨를 툭 쳤다.

"결과도 책임져야 하는데, 그러려면 명분이 있어야지."

명분이라. 똑같은 교복을 입고 있는 자신들의 명분은 무엇일까? 공부 옆에 공부, 공부 위에 공부. 공부 아래 공부. 공부가 공부를 덮쳐 어느 것이 진짜 공부인지 알 수 없는 공부들. 거대한 공부 덩어리를 명분 삼아 어깨에 짊어지고 있는 학생들이다. 도리가 아닌 대학을 위한 수단이 되어 버린 공부는 이제 더 이상 명분조차 되지 못했다.

"악어를 잡아야 나라가 산다, 뭐 그런 대의명분?"

해일이 슬며시 웃으며 말했다.

"난감하네."

누구보다 더 평온한 삶을 누리고 있을 것 같던 아이가, 느닷없이 고통을 호소하며 도움을 청했다. 순간의 객기인지 오랜 고민 끝에 내린 결정인지는 알 수 없다. 하지만 어떤 경우라도 쿨하게 '오케이!' 하기에는 'why?'가 충분치 않은 부탁이었다.

"너무 힘든 부탁을 했나 보다. 미안해, 나 먼저 갈게."

지란이 계단을 내려갔다. 성큼성큼 단호한 걸음이었다.

"혼자 싸우게 할 순 없지."

해일이 지란을 뒤따랐다.

"저것들이 시험 끝난 지가 언젠데, 벌써 시험에 들게 하는 거야!"

진오도 서둘러 계단을 내려갔다. 해일이 빠른 걸음으로 지란을 따라잡았고, 진오가 더 빠른 걸음으로 지란과 해일을 따라잡았다. 그림자를 어둠에 빼앗긴 학생 셋이 운동장을 빠져나갔다.

"잠깐. 이 아파트야?"

해일이 지란에게 물었다.

"응. 115동 602호. 왜?"

해일의 표정이 굳었다.

"아버지가 이 아파트 관리소장이야."

"뭐?"

진오는 기가 막힐 지경이었다. 학원을 빼먹으면 기똥찬 'whip'을 준비하는 어머니를 무릅쓰고, 'why'도 충분하지 않은 부탁을 받고 왔더니, 이번에는 'what'이 기다리고 있었다. 망할 놈의 3W. 황당해도 이렇게 황당할 수는 없었다.

"허지란 진아버시네 집을 때려 부수는 것도 모자라서, 네 아버지가 이 아파트 관리소장이라고? 무진장 스릴 있다야."

이 무슨 등골 싸늘한 우연인가. 세 사람은 넋 나간 얼굴로 지나가는 자동차들만 바라보았다. 버스, 승용차, 택배 트럭, 택시, 재활용 매장 트럭……. 저 자동차들은 어떤 인연을 가지고 이 시간에 이 앞을 지나고 있는 것일까? 아주 우연히 어느 다른 장소에서 만나, "당신도 그때 그 앞을 지나갔다고요? 우리 만남이 우연은 아닌 것 같은데요."라고 이야기하지는 않을까.

"아버지 퇴근하지 않으셨니?"

지란이 물었다. 눈은 여전히 지나가는 자동차를 보고 있었다.

"아버지 구역에서 소란 피우는 거, 좀 생각해 볼 일이다."

지란이 고개를 푹 떨어뜨렸다.

"허지란. 난 이 자식 들어간다, 에 만 원 건다."

진오가 돈까지 걸며 장담했다.

"뭘 믿고 그렇게 크게 걸어?"

해일이 물었다.

"니가 아까 나한테 그랬잖아. 갈 거면서 왜 그렇게 말이 많냐고. 나 지금 너한테 그런 게 딱 느껴졌거든."

진오의 말에 해일은 단단히 결심한 듯 지란을 바라보았다.

"허지란, 너 꼭 할 거지?"

"응."

"CCTV 정면에 있다. 자연스럽게 들어가자."

해일이 앞장섰다. 친구네 집에 놀러온 아이들이다. 어설프게 행동했다가는 오히려 더 우스운 꼴이 될 수 있다. 해일은 걸음 속도를 줄여 진오 지란과 어깨를 나란히 했다. CCTV는 주차장 앞, 뒤, 아파트 동 입구마다 설치돼 있다. 비상계단에까지 카메라가 있는데, 오래된 아파트치고는 꽤 철저한 단속이었다. 엘리베이터에도 당연히 카메라가 있었다. 진오가 가방에서 뉴욕양키즈 모자를 꺼내 푹 눌러썼다.

"고개 숙이고 지란이 옆에 바짝 서. 그래야 진짜 범죄자처럼 보여."

해일이 키득키득 웃으며 말했다. 여학생 한 명과 남학생 둘. 위에서 내려다보는 CCTV 특성상 보는 관점에 따라 험악해 보일 수도 있는 모습이었다.

"에이."

진오는 모자창을 뒤로 돌려 버렸다. 모자창 방향만으로 범죄자에서 개구쟁이로 변신한 것이다. 얼굴을 드러낸다는 건 그만큼 박상한 신뢰를 가진 인증이었다. 땡! 소리와 함께 엘리베이터 문이 열렸다.

"15층에서 내릴걸 그랬나 보다."

역시 마음이 불안한 진오였다.

"그러다 경비 아저씨라도 만나면 피곤해져. 계단에서 몰래 담배 피우는 애들 많대. 그런 애들 단속하다가 걸리면 뭐라고 할래? 6층인데 왜 15층에서 내렸냐고 하면 어쩔 건데? 그냥 자연스럽게 가. 친구네 가는 거잖아."

"자식이 은근히 범죄에 자연스럽네."

해일이 밝게 웃었다. 진오는 당혹스러웠다. 어쩌면 지란보다 더 난처한 사람이 해일일지 모른다. 결과가 나쁘면 경찰서까지 생각해야 하고, 해일 아버지까지 엮일 수 있는 상황이었다. 그런데도 웃다니. 아무 때나 밝게 웃는 난치병에 걸린 녀석 같았다.

"안에 아무도 없는 거 확실하지?"

지나치게 긴장한 진오는 이미 죄 짓고 나온 사람의 얼굴을 하고 있었다.

"아빠 오늘 누구랑 어디 갔어."

지란이 자연스럽게 열쇠로 문을 열고 먼저 들어갔다.

빨래 건조대는 여전히 거실에 있었고, 대충 널어 놓은 빨래도 켜켜이 쌓여 있었다. 이혼 전부터 쓰던 가구와 물건이 그대로 있는 까닭에 남자 혼자 사는 집 같지는 않았지만, 안

락함은 없는 집이었다.

"어떻게 해 줄까?"

진오가 물었다.

"맘대로 해. 찢든지 던지든지 태우든지."

"아빠 영역은 남겨 둬야 하는 거 아냐?"

"그런 영역 없어."

"그건 억지고."

진오는 가방에서 굵은 매직을 꺼냈다.

"네 침대부터 하면 되지?"

진오는 지란이 쓰던 방으로 성큼 들어갔다. 그리고 침대 이불을 걷어내고 매트리스 한쪽에 메시지를 남겼다. POP 글씨 반답게 깔끔한 글씨였다.

이 침대 버리세요.

진오는 두려웠다. 어떤 난폭함이 폭발해 진짜 불을 지를 것만 같았다. 그러기 전에 이렇게라도 급히 막아야 했다. 불이 나기 전에 소화기라도 미리 뿌려 대야 했다.

"귀여운데? 나쁘지 않아. 좋아, 나는 거실 맡는다."

해일도 가방에서 네임펜을 꺼내 거실로 나갔다.

새것으로 바꾸시면 어떨까요?

"소파 교체용 권고 사항이다."

해일의 말에 지란이 피식 웃었다. 왜 그런지 이상하게 안심도 되었다. 지란도 곧 권고 사항을 같이 했다. 안방으로 들어가 마음에 안 드는 가구에 권고 사항을 적었고, 주방으로 나와 식탁 정수기까지 영역을 넓혔다.

"다 버리고 다시 장만하면, 새 장가 가시는 줄 알겠다."

해일이 거실 작업을 마무리하고 소파에 털썩 주저앉았다.

"그랬으면 좋겠다."

"저렇게 착한 권고 사항 소녀를 보았나. 효녀 나셨다!"

진오가 지란의 방을 나오며 말했다.

"내 방에는 물건도 별로 없는데, 뭐 하고 이제 나오냐? 너 놀았지?"

"니가 POP아트를 알아? 나 돈 받고 글씨 쓰는 남자야!"

"좋겠다, 돈 받고 글씨 써서. 나도 다 끝났다."

지란이 피식 웃었다. 그리고 생각지도 못한 눈물이 툭 떨어졌다.

"지워 줄까?"

진오가 냉장고에 기대서서 물었다.

"그러면 다음에 또 하자고 할 거야. 가자. 아빠 오겠다."

"어디 가셨다며!"

진오와 해일이 화들짝 놀랐다.

"그래야 니네가 맘 놓고 놀지."

"뭐 이런 애가 다 있냐. 해일아, 나가자!"

모두 담벼락에 낙서하고 도망치는 아이들처럼 잽싸게 아파트를 빠져나왔다.

"좋은 고기 뷔페 있는데, 가자. 내가 쏠게. 하하하하!"

지란이 앞서 달려가며 소리쳤다.

"아 진짜, 이것들은 왜 아무 때나 웃어 대!"

"하하하하!"

뒤따라 달려오던 해일까지 크게 웃었다.

"웃지 마, 모질아. 야, 근데……."

진오는 해일의 팔을 살짝 잡았다.

"왜?"

"넌 쟤가 하란다고 진짜로 다 쓰면 어떡하냐, 떨떨이 새끼야."

"닌?"

"침대만 하고, 나머지는 하는 척만 했지!"

"……."

그랬다. 진오는 시범으로 침대에만 쓰고, 나머지는 쓰는 척 기웃거리기만 한 것이다. 지란이야 쌓인 감정이 있어 그렇게라도 풀어야 했다면, 풀 것 없는 자신들의 권고 사항은 허에게 무자비한 폭력일 뿐이었다. 어떤 경우에도 정당화될 수 없는 유치한 폭력. 진오는 해일의 팔을 한 대 툭 치고 지란을 따라잡았다.

"허지란! 설마 저기 구천구백 원짜리 고기 뷔페는 아니지?"

"맞아. 저기 되게 맛있어!"

"아씨, 저런 게 왜 아직도 있어!"

기름받이를 향해 삐딱하게 기운 불판에 엄청난 양의 고기가 올려졌다. 지란은 그것도 부족한지 얇게 썬 대패 삼겹살까지 미리 듬뿍 가져다 놓았다.

"너도 켕기긴 되게 켕겼나 보더라. 아주 전속력으로 달리더만."

"아빠 차가 아파트로 막 들어오더라고."

"뭐?"

진오가 얼마나 놀랐는지 집던 고기를 떨어뜨릴 정도였다.

"우리 못 봤으니까 걱정 마. 먹자, 먹어."

지란은 상추에 고기를 듬뿍 싸서 우걱우걱 먹었다.

"소녀…… 어디로 간 거냐?"

진오가 지란을 빤히 보았다.

"마냥 천진한 얼굴로, '어머, 저 꽃 정말 예쁘지 않아요?' 그러면 다 소녀냐? 웃기고 있어. 정신 차려. 니가 지금 보고 있는 내가 그 유명한 십팔 세 소녀니까!"

"이런 십팔 세…… 입에 음식 넣고 말하지 마!"

"진짜 소녀들이 얼마나 대찬지 알아?"

"아니까 제발 삼키고 좀 말해라, 대찬 소녀야."

"수줍음의 대명사가 소녀냐? 왜 이래, 멀쩡한 소녀들 책임감 느끼게."

"너 지금 입이 너무 바쁘다. 말 반 고기 반이야."

해일이 불판에 넘치는 고기를 열심히 뒤집으며 말했다.

"고기를 사랑하는 대찬 소녀도 지가 무슨 짓을 했는지 아는 거지. 말도 안 되는 소리라도 막 지껄여야 진정될 거다."

진오가 상추에 고기를 싸며 말했다.

"나 되게 나쁜 짓 한 거지?"

"덕분에 나도 평생 잊지 못할 나쁜 추억 하나 만들었다. 지금까지는 중학교 때 내 짝꿍 만년필 훔쳐서 소각장에 던진 일이 제일 나쁜 거였는데, 그거 오늘 권고 사항에 밀렸다."

지란이 접시에 담긴 삼겹살을 불판에 쏟아부었다.

"민해일, 보니까 제일 열심히 쓰던데, 푹푹 좀 먹어라."

"천천히 먹자. 근데 네 아빠 얼굴 좀 보려고 했더니 사진이 하나도 없더라."

지란이 멈칫했다. 사진. 지난번에 갔을 때만 해도 분명히 있었다. 벽에도 TV장식장에도. 지나치게 긴장한 탓에 사진이 사라졌다는 것조차 눈치채지 못했다. 친아버지가 사진을 치웠다. 지란은 가슴 언저리에 꽉 박힌 고기를, 다른 고기를 억지로 삼켜 꾹꾹 눌러 버렸다. 고기에 막힌 숨통이 트이지 않아 구역질이 났다.

'버릴 테면 버리라지. 굿바이……'

해일이 집으로 들어왔다.

"왜 이렇게 늦었어? 밥은?"

"먹었어. 아버지 오셨지?"

"아파트 온수관 교체 공사 때문에 비상이야. 장비 모아 둔 거 밤새 지켜야 된단다."

놀란 해일은 체온이 급강하해 발등까지 시린 것 같았다.

"그런 걸 누가 가져간다고 아버지까지 지켜."

"내 아들이 이렇게 순진해. 도둑놈들은 그런 냄새 귀신같이 맡는다. 그런 장비만 전문으로 훔치는 인간들이 있거든. CCTV 달기 전에 비상계단 손잡이도 통째로 뜯어 갔잖아. 그때 아버지가 얼마나 욕먹었는지 알아? 도대체 머리에 뭐가 들어서 남의 물건을 훔친대. 에이, 도둑놈의 새끼들."

"아리랑 쓰리네 집 바닥 갈아 줘야겠다."

해일은 서둘러 말을 돌렸다.

"엄마가 벌써 갈아 줬어. 아주 쑥쑥 큰다. 이리 와 봐."

해일과 어머니는 쭈그리고 앉아 아리 쓰리를 내려다보았다.

"어쩌면 이렇게 곱냐. 꼭 우리 해일이 애기 때 같네."

"내가 이렇게 예뻤어?"

"니가 훨씬 이뻤지! 너 데리고 나가면 다들 한 번씩 안아 보려고 아주 줄을 섰다."

어머니는 해일의 엉덩이를 팡팡 두드렸다.

"아리야 쓰리야, 형은 숙제하러 간다!"

해일은 얼른 자리에서 일어났다. 얼굴이 달아올라 더 이상 앉아 있을 수가 없었다. 아버지가 아파트에 있었다. 같은 장소에서 아버지는 도둑을 지켰고, 도둑인 아들은 권고 사항을 휘갈겼다. 그리고 아버지가 지키지 못한 602호 거실에서 넷북을 들고 나왔다. 넷북이다, 인식하는 순간 손이 움직였다. 멈추기에는 손이 너무 빨랐고, 가방에서 다시 빼려고 했을 때는 지란이 거실로 나와 버렸다.

'그래 나는 도둑이다.'

체념, 체념, 그리고 체념. 늘 그랬다. 걸리지 않아 멈출 수 없었고, 스스로 멈추자니 이미 벌인 일들을 정리할 용기가 나지 않았다. 식구들이 할 실망과 대면할 용기도 없었다. 그러면서 또 남의 물건에 손을 댔다. 모두 지란의 아버지들과 관련된 물건이다. 지란과 새아버지, 지란과 친아버지. 해일은 자신이 지란과 두 아버지를 연결하고 있는 어떤 줄을 뚝 끊어 놓은 것만 같았다.

'미안하다, 허지란.'

물건의 사연을 알아 버린 도둑. 물건의 영혼이 얼마나 위태한지 알아 버린 도둑이었다. 해일은 손바닥을 내려다보았다. 깊게 팬 손금과 자잘한 손금이 어지럽게 엉켰다. 손은 머리가 지시한 대로 움직여야 한다. 저 혼자 움직이는 손은, 이미 자신의 손이 아니었다.

'한 번만 더 그러면 손목을 잘라 버릴 거야.'

"저녁은 먹었고, 그룹 과제 때문에 저 들어가요!"

지란은 아버지에게 빠르게 말하고 방으로 들어갔다.

"엄마 오늘 야근이다!"

"알아요!"

지란이 아버지와 단둘이 집에 있을 때 모습을 어머니는 알까. 불편한 집에 온 손님처럼 소변마저 꾹꾹 참다 도저히 못 참겠을 때 화장실로 달려간다는 걸 알고 있을까. 티셔츠 옆으로 브래지어 끈이 보이면 어머니가 가장 당황한다는 건. 어머니가 재혼한 뒤부터 소파에 길게 누워 텔레비전을 본 적이 없다는 건. 낳아 준 아버지와 키워 주는 아버지가 늘 물음표로만 존재한다는 건. 문에 기대어 서 있던 지란이 스르르 주저앉았다. 울음이 목울대를 타고 올라가 관자놀이를 거쳐 머리에 도착했다. 머리가 깨질 듯이 아팠다.

부우웅.

허에게서 메시지가 왔다.

집에 다녀갔니?

응.

집 내놨다. 아파트가 잘 안 팔릴 때라 전세로 내놨어.

이사 가겠네.

회사 근처 원룸으로 가려고.

잘 가.

넷북 잘 써라. 중요한 거 없으니까 지우고 싶은 건 지워.

'넷북?'
 지란은 메시지를 잘못 본 줄 알고 다시 확인했다. 다시 봐도 넷북이라고 씌어 있었다. 그냥 허가 도둑으로 몰아 버리는 것이라 생각했다. 액정에 떨어진 눈물 때문에 글씨가 울렁거렸다. 뭐라도 상관없었다. 어떻게든 안 보면 됐으니까.

잘 쓸게.

 지란은 교복 차림으로 누워 이불을 뒤집어썼다. 기억 어디에도 집이 따뜻한 적이 없다. 으슬으슬 추웠다. 덮은 이불 위로 낙서한 가구들이 쏟아져 내리는 것만 같았다. 버려, 버려. 다 버려……. 이불이 숨도 쉬기 힘들 만큼 무거웠다.

8

너지?

 어떤 상황에서도 대화의 수위 조절 능력만은 최고인 진오에게, 오늘은 문제가 생겼다.
 "무슨 기집애가 주둥이에 성역이 없어!"
 "니들 셋이 거기서 돌아다니는 거 내가 봤거든!"
 진오가 미연에게 바짝 다가섰다.
 "이 소녀는 왜 이렇게 건전한 거야. 너 같은 년, 진짜 재수 없어. 알아!"
 구경하던 아이들이 깜짝 놀랐다. 아무리 욕쟁이 진오라지만 귀에 확 거슬리는 욕을 하는 아이가 아니었다. 그런 진오가 미연에게 곧장 날아가 팍 꽂히는 욕을 한 것이다.

"너 또 한 번 주둥이 함부로 놀려 봐, 주둥이로 죽여 버릴 테니까."

그리고 그때 지란이 교실로 들어왔다.

"오늘 우리 반 분위기 왜 이래?"

싸우는 당사자들보다 지켜보는 아이들이 더 긴장되는 순간이었다.

이야기인즉슨 이렇다. 어젯밤 늦게 어머니와 대형 할인 마트를 다녀오던 미연이, 차 안에서 진오와 지란과 해일을 보았다. 다들 발그레한 얼굴로 장난을 치며 걷고 있었다. 그 모습을 본 미연이 학교에 오자마자 다영을 매점으로 불러냈다. 그리고 지란이 해일과 진오에게 앙탈을 부리는, 아주 재수 없는 애임을 강조했다. 고기 뷔페에서 식사를 하고, 바로 뒷골목 생과일 주스 집에서 디저트로 주스를 마셨다. 더 안으로 들어가면 클럽이나 노래방 술집이 있긴 해도, 입구 쪽은 닭갈비집, 수제비집 같은 식당이 더 많은 곳이다. 그러니까 미연이 앞길이 아니라 뒷길에서 봤다 해도 문제 될 게 없는 거였다. 운 나쁜 지란이 미연의 썩은 주둥이에 덥석 물렸다. 진오는 그런 미연이 싫었다. 입만 열면 남을 험담하는 아이, 구역질 나게 싫었다. 1학년 때부터 같은 반이었는데, 하는 꼴이 기가 막혀 말 한번 제대로 섞은 적이 없을 정도였다.

"거기 어떤 덴지 알지? 조금 더 가면 모텔도 있잖아."

"거기가 무슨 학생 제한 구역이니? 셋이 있었는데, 왜 지란이한테만 뭐래?"

"남자애들이 가잔다고 가냐? 해일이네도 지가 가자고 했다며? 꼬리 잘 친다."

"해일이네 병아리 보러 간 거야. 나한테도 가자고 했는데, 난 학원 때문에 못 간 거고. 너 뭐 이상한 거라도 보고 이러는 거야?"

다영은 미연의 말이 거북했다. 앞뒤 사정 뚝뚝 자르고 "그 시간에 거기 왜 갔대? 남자들도 다 봐 가면서 행동하는 거야."라고 하면서, 정작 그 '행동'이 무엇인지와 어떤 행동을 한 것으로 추정되는 '남자'에 대해서는 아무 말도 하지 않았다. 그리고 미연은 자기 뒤에 진오가 떡 서 있다는 것을 전혀 모르고 있었다.

"너, 교실로 와."

그때 진오의 표정은 다영마저 가슴이 내려앉을 만큼 서늘했다.

이것이 바로 매점에서 있었던 일이다.

"너 같은 거 상대하느니 단어나 하나 더 외우겠다."

미연이 한발 물러났다. 지란하고도 싸움이 붙으면 자신

만 더 초라해질 게 뻔했다. 이런 싸움은 빨리 끝내야 했다. 잘못을 인정하지 않는 아이, 잘못이라는 인식조차 없는 아이. 하긴 일단 인정을 하게 되면 책임져야 할 게 너무 많았다. 그럼 그건? 그럼 그 애는? 그럼 그 선생님은? 그럼? 그럼? 그럼? 도대체 누가 미연에게 인간 평가를 허락한 것일까? 자신이 노린 모습을 위해 왜곡하고 변형해 억지로 짜맞추는 이상한 평가. 대단한 인간 평가사가 아닐 수 없다. 위도 아래도 최소한의 예의조차 없는. 뼈를 추려 스물네 시간을 고아도 시키면 육수만 우러날 것 같은, 뼛속까지 시커면……

"쟨 쌍시옷만 안 넣고 말하면, 지가 욕을 안 하는 건 줄 아나 봐."

지란이 혼잣말처럼 읊조렸다. 착한 척, 남 위하는 척, 뭔가 아는 척, 조용조용 욕하기. 의식이 너무 촌스럽지 않은가. 거울아, 거울아, 이 세상에서 누가 가장……. 그놈의 독사과를 대량생산하는 공장이라도 가지고 있는 것인지. 지란은 미연과 싸우고 싶지도 않았다. 싸움도 싸울 마음이 드는 상대와 싸우는 것이다. 더러운 건 피하거나 치워야 하는 것이지, 발을 푹 담그는 게 아니니까. 처음 봤을 때 느꼈던 그 알 수 없는 거부감이 이제야 설명되는 것 같았다. 부족하면 채워서라도 데려가고, 잘났으면 박수치며 함께할 텐데, 왜 남을 못 물어뜯어서 안달인가. 도대체 자신의 위치를 어디에 두었기에 너 나 할 것 없이 일단 무시 모드인가. 웃겨서 원. 이제는 작은 연민조차 들지 않았다. 지란이 얼마나 넋을 놓고 바라보는지 미연의 머리카락 사이로 땀이 주룩 흘렀다.

'쌍년……'

도대체 어젯밤에 무슨 일이 있었기에 저토록 단단하게 뭉쳐 공격하는지 몰랐다. 해일은 한 마디도 안 했지만, 이미 싸우고 있는 것과 마찬가지였다. "너, 뭐야?" 하는 정떨어지게 차가운 눈빛으로 계속 바라보았던 것이다. 끔찍했다. 부릅뜬 미연의 눈에서 눈물이 뚝 떨어졌다. 잘못을 인정한 눈물이 아닌 자신의 공격이 전혀 먹히지 않은 것에서 나온 이 갈리는 눈물이었다.

"나는 쟤 눈물조차 안 믿겨……"

지란은 책상에 책을 턱 내려놓았다.

"허지란, 이제 그만해라. 오미연 오금 저려서 어디 살겠냐?"

한참을 구경하던 상근이다. 지란은 상근을 보고 힘없이 웃었다. 그래 상근 같은 아이가 꼭 있다. 적당히 챙겨 주면서 이쪽저쪽 다 발을 담그는 아이. 혹은 좋은 게 좋은 거라며 화해나 용서를 권하는 아이. 화해를 받아들여야 하는 쪽이나 용서를 해야 하는 쪽의 억울함과 피해는 왜 무시하는지. 중재를 받아들이지 않으면 그렇게 당하고도 속까지 좁은 아이가 되는 것이다. 명료하게 판결할 자신이 없으면, 중재 그거 아무 때나 하는 게 아니다. 중재의 탈을 쓰고 이쪽저쪽 어느 쪽이 자신에게 더 이로운지 간을 보는 아이. 그런 아이에게는 빛이 없다. 검은 빛이든 하얀 빛이든 존재감 제로다. 필요에 의해 이쪽저쪽 두 발 다 담그는 것이겠다마는, 이쪽저쪽 역시 딱 필요한 만큼만 부르는 것이다. 전략상 win-win이 아니라면 세심한 주의를 기울여야 한다. 잘못하다가는 가운데서 가랑이가 찢어질 수도 있을 테니.

급식을 마친 지란 진오 해일은 체육관 앞 벤치에 나란히 앉았다. 다들 어젯밤 권고 사항이 가슴에 거북하게 남아 있던 차였다.

"어제 아무 일 없었냐?"

진오가 지란에게 물었다.

"넷북 가져간 거 잘 쓰란다. 어디다 대고 누명이야."

"난감하네……."

진오는 운동장에 삐죽 튀어나온 돌을 발로 꾹꾹 눌렀다.

"집 내놨대."

"소원 풀었네."

"그래 소원 풀었다."

"근데 너 울었냐? 아침에 보니까 눈이 퉁퉁 부었더라."

"내가 얘기 안 하는 건 제발 그냥 넘어가 줘라. 해일이 좀 본받아!"

"야, 너 나 좋아하지?"

"뭐?"

"계속 좋아하라고."

"웃겨. 나 먼저 들어간다. 둘 다 어제 땡큐!"

지란은 운동장을 가로질러 달려갔다. 그러다 운동장 한가운데서 우뚝 멈췄다. 돌아가 나 너 안 좋아해, 라고 해야 할까 잠시 고민했다. 그런 거 생각해 본 적 없는데 왜 갑자기 물어서는. 지란은 다시 달리기 시작했다.

"쟤, 쇼하고 있다. 가려면 가고 말려면 말지, 왜 저래?"

진오가 작은 돌을 주워 지란 쪽으로 휙 던지며 말했다.

"귀엽다, 너희."

"싱그러운 소리 하고 있네. 그건 그렇고. 너 왜 그랬냐?"

"뭘?"

"말 길게 하지 말자. 너잖아."

"봤구나…….."

"허지란 방에 있는 옷장 거울로 보였어. 백미러처럼."

쿵! 언젠가는 걸리겠지. 기왕이면 낯선 사람에게 걸렸으면 했다. 거울이라니. 혹시 전자수첩을 빼던 그 순간에도 누군가 거울을 보고 있지 않았을까. 봤는데 두려워서 입을 꾹 다문 건 아닐까. 왜 하필 진오인지. 왜 하필 지란 아버지의 집에서인지. 왜 손을 멈추지 못한 것인지. 심장에 가시가 쿡쿡 박힌 것처럼 가슴이 뻐근하게 아팠다.

"혹시 전자수첩도 너냐?"

"맞아. 나야."

"왜 그랬냐?"

"직업이니까."

"직업?"

진오는 고개를 획 돌려 해일을 바라보았다. 해일이 넷북을 가방에 넣을 때보다 더한 충격이었다. 그런데도 해일은 운동장 한구석을 태연하게 바라보고 있었다. 체육관 앞 농구대에서 홀로 농구를 하는 녀석을 보는 것이다. 녀석은 운동장이 탄력 좋은 마룻바닥인 것처럼 손바닥에 공이 척척 달라붙는 드리블을 구사했다. 적당한 거리를 주시하고 인사이드 아웃사이드 드리블을 반복하며 전진했다. 순간 패스할

듯 잠시 멈추는가 싶더니 곧장 골대로 돌진했다. 슛. 공이 백보드를 맞고 튀어나왔다. 녀석은 어느새 골대 밑에 서서 리바운드에 성공했다. 그러나 패스할 데가 마땅치 않은 듯했다. 녀석은 곧 수비수를 등지고 골대 밑을 빠져나와 순식간에 삼 점 라인에 섰다. 슛! 깔끔한 삼 점 슛이다.

짝짝짝. 해일이 박수를 쳤다.

"새끼가 왜 갑자기 박수를 치고 지랄이야."

진오는 맥이 탁 풀렸다. 도둑질한 거 걸렸으면 변명이라도 해야 했다. 그런데 농구나 구경하고 있다니. 말도 안 되는 상황에서도 해맑게 웃던 놈이, 자신의 범행을 목격한 사람을 옆에 두고도 태연히 딴짓을 하고 있었다.

"혼자 뛰면서 열 명이 뛰는 것처럼 움직인다. 저 녀석 포지션 가드야. 삼 점 라인 훨씬 뒤에서 쐈는데 정확하게 꽂히네."

"미친 새끼……."

"맘만 먹고 덤볐으면 남보다 덜 노력해도 주전은 됐을 거야. 그런데 저 녀석, 선수는 아냐."

"말 돌리지 마, 새끼야."

"잘하는데 재미는 없어 보여. 이미 잘하는 거하고 하고 싶은 거 사이에서 방황하고 있을걸? 이상하게 빨리 습득되고 몸도 잘 움직이는데, 재밌지는 않은 거야. 나도 그래."

몸이 스스로 흐름을 탔다. 재미도 없고 성취감도 없는데 그렇게 움직였다.

"어릴 때부터 이상하게 손이 빨랐어. 생각하는 동시에 움직이는 거야. 그런데 이제는 맘대로 움직여. 넷북 그거 머리가 시킨 거 아냐."

"니 손이 맘대로 훔쳤으면 손모가지라도 잘라, 새끼야!"

"쿡쿡쿡……."

진오는 어금니를 악물었다. 이런 녀석한테 감정적으로 말려들면 안 된다. 그런데 저 아무 때나 웃는 웃음이, 오늘은 울음소리로 들리는 것이다. 그때, 전자오르간으로 연주되는 「소녀의 기도」가 운동장에 울렸다. 경쾌한 연주로도 사람을 재울 수 있다는 전설의 학교종이다. 급식 시간이 끝났다. 농구를 하던 녀석도, 운동장을 어슬렁거리던 아이들도, 서둘러 교실로 들어갔다.

"우리도 들어가자."

해일이 먼저 일어나 성큼성큼 운동장을 걸어갔다.

"야 민해일! 혹시 그 건전지는 그거 아니지!"

벌써 멀리 걸어간 해일을 향해 진오가 소리쳤다.

"맞아!"

"야 이 좆같은 새끼야! 저게 어디서 나를 공범으로 만들어!"

　진오는 있는 힘을 다해 달려가 해일을 따라잡았다.

"도둑놈의 새끼, 넌 죽었어."

　진오는 해일을 뒤로 하고 운동장을 달렸다.

　이번에는 해일이 진오를 따라잡았다.

"왜 안 죽이고 그냥 가냐?"

"연장 챙기러 간다, 새끼야."

"내가 좀 더 일찍 걸렸으면, 지금 어땠을까?"

　해일과 진오는 서로를 뚫어지게 바라보았다.

"너 혹시…… 나한테 걸리려고 일부러 넷북에 손댔냐?"

"손이 저절로 움직였다니까."

퍽!

　진오는 해일의 가슴을 강타했다.

"내 손은 내가 움직이라고 했다, 씨발놈아."

　해일이 또다시 쿡쿡쿡 웃었다.

"한 번만 더 그렇게 웃으면 죽을 줄 알아……."

　진오는 먼저 학교 건물로 들어가 버렸다.

"엄마, 나 왔어."

"아들! 아버지가 아리 쓰리 집 지어 줬다."

해일은 서둘러 베란다로 나갔다. 야외에서 간편하게 삼겹살이나 바비큐를 구울 때 쓰는 철망으로 만든 닭장이었다. 닭장을 더욱 근사하게 만든 건 닭장을 둘러싸고 있는 앤틱 콘솔이다. 닭장이 콘솔의 날씬한 다리 안으로 쏙 들어가 있었다.

"근사하다."

역시 아버지 솜씨는 뛰어났다. 전구도 닭장으로 옮겼고 스위치까지 달아 쉽게 껐다 켰다 할 수 있었다. 김장용 비닐봉투로 닭장을 에워싸 바람이 들지 않게 했고, 닭장을 가로질러 횃대도 설치했다. 콘솔 덕에 어느 닭장에서도 볼 수 없는 품격까지 느낄 수 있었다.

"이 정도면 둘이 실컷 뛰어다니겠지?"

아버지도 베란다로 나와 자신의 작품을 아주 만족해했다.

"이거 어디서 나셨어요?"

해일이 콘솔을 둘러보며 물었다.

"우리 아파트에서 가져왔지. 누가 버렸더라."

"나는 생전 써 보지도 못한 이런 화장대를, 우리 아리 쓰리가 쓴다."

어머니는 콘솔이 은근히 탐나는 기색이었다.

"내가 보자마자 딱 찍었잖어. 서랍에 뭘 넣을 수도 있고,

탁자에 이것저것 올려놓기도 좋고. 마른 풀 인자 다 써 가는데, 어디서 볏짚 좀 구할 수 있을지 모르겠다."

"토끼 파는 데서 살 수 있을지 몰라요."

해일이 콘솔에 올려둔 마른풀을 뒤적였다. 그 바람에 바닥에 깔아 둔 신문지가 움직였다. 그리고 들뜬 신문지 사이로 *이거* 라는 글씨가 보였다. 숨이 턱 막혔다. 해일은 신문지를 살짝 들고 나머지를 확인했다.

이거 내다 버려.

지란이 매직으로 흘겨 쓴 권고 사항이었다. 해일은 다리에 힘이 풀려 슬며시 주저앉았다. 다 끝난 일이라고 생각했는데, 콘솔이 집으로 찾아와 아리 쓰리를 꽉 움켜쥐고 있었다.

'이게 왜 우리 집으로 온 거야.'

시간을 돌려 아직 자물쇠가 닫혀 있는 사물함 앞으로 가야 했다. 전자수첩 따위 신경 쓰지 않고 그냥 자리에 앉는 것이다. 그리고 지란의 부탁은 거절한다. 니의 전자수첩을 가져갔으니 그 정도 부탁은 들어주마, 하는 마음 따위는 애초부터 없을 테니까. 다 꿈이라고 믿고 싶었다. 식은땀 나는 지독한 꿈일지라도 그래야 했다.

"자 자 들어가자. 얘들 자야 돼."

아버지가 쭈그려 앉아 있는 해일의 어깨를 툭툭 쳤다.

모두 아리 쓰리를 뒤로 하고 거실로 들어갔다. 그리고 마지막으로 들어온 해철이 베란다 문을 스르륵 닫았다.

해일은 침대에 털썩 주저앉았다. 혹시 그날 아버지가 보고 있었던 것은 아닐까. 관리실 모니터 앞에 앉아, 내 아들이 왔네. 친구들인가. 115동에 사나 봐. 저 녀석들이 왜 저렇게 도망가. 그리고 어느 집에서 가구를 모두 버렸다. 어느 집이 이렇게 다 버렸대요? 602호에 누가 들어와서 낙서를 한 모양이에요. 그리고 글씨를 본다. 아버지가 해일의 글씨체를 알고 있었을까. 해일은 머리를 꼭 감쌌다. 아니다. 지나친 과대망상이다. 아버지가 알았다면 그 성격에 가만히 있을 사람이 아니었다. 그럼에도 집으로 온 콘솔에 온몸이 떨렸다. 아버지 식의 경고인지, 아버지 식의 물음인지, 아버지 식의 벌인지는 알 수 없다. 말처럼 그것이 좋아 그냥 가지고 온 것이길 간절히 바랄 뿐이었다.

똑똑.

해철은 문턱에 서서 열려 있는 문에 노크를 했다.

"이봐, 동생."

"왜?"

해철이 방으로 들어와 문을 닫았다. 그리고 해일과 나란히 앉았다.

"베란다에 있는 콘솔, 아는 물건이냐?"

"콘솔? 아, 화장대……."

"아는 물건이지?"

"왜 그렇게 생각하는데?"

해일의 가슴이 얼마나 심하게 뛰는지 침대 매트리스까지 출렁일 것만 같았다.

"나 감정 설계 전문가야. 너 아까 거짓말 탐지기 잡고 거짓말 하는 애 같았어."

"형……."

"왜."

"전에 우리 가족 임상 실험하고 있다고 했지? 내 감정 분포는 어때?"

해철은 대답 없이 해일을 바라보았다.

"우리나라 고2 평균 감정 분포하고 나하고 많이 다르지, 형?"

"아니, 똑같아. 지가 남들하고 아주 다를 거라고 생각하는 것까지 똑같아."

"진짜?"

유독 하얀 얼굴에 웃을 때 눈가에 잡히는 잔주름이 밉지 않은 동생이다. 묘한 자기만의 세계를 가지고 있어, 바짝 다가서려면 어떤 막에 막혀 더 이상 접근할 수 없는 동생이기도 했다. 쇼윈도 속 물건처럼 한없이 바라볼 수는 있어도 손을 넣고 만져 볼 수는 없는 아이. 어쩌면 그것이 해일만의 매력일 거라 생각했었다.

"너 그런 쪽으로는 문제없으니까, 아버지가 가져온 콘솔에 대해서나 말해 봐."

"요점만 말하면 가택침입을 해서 가구에 낙서를 했고, 그 바람에 친구 아버지 한 분이 멀리 떠나실 것 같고, 아버지가 낙서한 가구를 우리 집으로 가지고 오셨어."

"니가 왜 그런 일을 해야 했는데?"

"누가 부탁했어……."

"그런 부탁을 쉽게 들어줄 내 동생이 아닌데?"

"사정이 있었어."

"너희 삼총사 모두 관련됐냐?"

해일은 대답 대신 고개를 끄떡였다.

"자식들 드림팀이었네. 요리도 망쳐 가구도 망쳐. 무슨 일이든 빌 수 있을 때 확실하게 빌어라. 그러고 나서 용서든 벌이든 받아. 그 시기 놓치면 영원히 용서 못 받아. 잘해 봐야, 용서하는 척하거나 모르는 척할 뿐이지."

"형…… 나 전자수첩 도둑맞았어."

"혹시 저 가구랑 관련된 애가 가져간 거냐?"

해철은 해일을 심각하게 바라보았다. 잃어버린 전자수첩 때문에 남의 집에 몰래 들어가 가구에 낙서를 하고 도망쳤다면, 열여덟 살 행동치고는 지나치게 유치한 행동이었다.

"그리고 내가 넷북 훔쳤어."

"니 전자수첩 가져간 애 넷북?"

"……."

"사과하고 돌려줘라."

"다…… 뻥이야."

"이 자식이……."

해철은 맥이 확 풀렸다.

"형은 나 전자수첩 없는 것도 몰라? 어쨌든, 형 고마워."

"너 이 자식 아주 엉망이야. 완전히 새로 설계해야 돼."

"하하하하."

"너 말이다. 진오 녀석 확실하게 잡아라. 그런 놈 또 없다."

"진오가 왜?"

"행동이 촌스러운 건 괜찮은데 의식이 촌스러운 건 안 돼. 진오는 의식이 세련된 녀석이야. 멋진 녀석이지. 살면서 그런 친구 만날 기회가 몇 번이나 올 것 같냐? 너 복 받은 거야 인마. 물론 지란이도 썩 괜찮은 애고. 그러고 보니 내 동생만 모자란 놈이네……."

"하하하하! 형, 나 목말라."

해일이 크게 웃으며 방에서 나갔다. 갑자기 눈에 눈물이 고여 버렸기 때문이다. 남들과 똑같다는 말, 너무 오래 기다렸던 말이다. 남들과 좋게 다른 게 아니라 남들과 나쁘게 달라 계속 나쁜 짓을 하는 거라고 생각했다. 천사와 악마처럼 자신은 악마 쪽으로 태어난 거라고. 목에 열쇠를 건 일곱 살 꼬마, 해일. 해일에게 목걸이 열쇠는 외로움과 두려움이었으며 간절한 기다림이었다. 해철이 고등학교에 입학하면서부터는 어머니 아버지보다 더 늦게 집에 왔는데, 그럴수록 해일은 더 많이 웃었다. 유치원에서처럼 집에서도 자꾸 울면 가족과 뚝 떨어진 곳에서 벌을 받는 줄로 안 것이다.

"앤 왜 이렇게 울어."

"민해일 저쪽으로 가서 손들고 서 있어."

"또 울면 밖으로 내보낼 거야!"

유치원 선생님은 해일에게, 다른 애들처럼 지내라고 했

다. 남들과 달라도 너무 달라 늘 문제라고 했다. 선생님은 우는 해일을 교실에서 내쫓아 밖에서 홀로 울게 만들었다. 남들과 너무 다르다는 말은 어린 해일이 감당하기에는 지나치게 잔인한 억압이었다. 다르다는 말을 틀렸다는 말로 알고, 자신을 늘 틀린 아이로 생각했다. 그런데 감정 설계 전문가 형이, 남들과 아주 똑같다고 했다. 형이, 형이 그랬다. 너무 오래 기다린 말인 탓에 눈물이 나고 말았다.

다음 날, 해일은 집으로 온 콘솔 때문에 어떤 것에도 집중할 수가 없었다. 어떡해야 하나. 저녁 급식 시간이 될 때까지 온통 그 생각뿐이었다. 그리고 결심했다. 해철의 충고를 받아들이기로 한 것이다. 아이들이 우르르 급식실로 달려갔다. 싫어하는 반찬이 꼭 끼어 있어 불만도 많았지만, 시간이 되면 일단 바람처럼 달려갔다. 오늘의 주 메뉴는 감자탕이다. 곧 여기저기서 탄성이 쏟아졌다.

"아!"

본디 감자탕이라 함은 돼지 등뼈와 시래기, 알 굵은 감자를 넣고 푹 끓인 탕을 말한다. 그런데 급식으로 받은 감자탕은, 감자탕 맛 분말 스프를 풀어 감자만 넣고 끓인 것 같았다. 그야말로 표기된 이름과 재료가 정확하게 일치하는 음식이었다.

"불고기 나올 때 불 안 주는 게 다행이다!"

어쨌든 급식 시간은 즐겁다.

해일은 서둘러 급식을 먹고 지란을 찾았다.

"지란아, 급식 먹고 잠깐 좀 보자."

"오케이."

다영은 해일을 보았다. 해일은 지란아, 라고 했다. 부드럽고 친근한 호명이다. 해일은 다영에게, 다영은커녕 정다영이라고도 부른 적이 없다. 그저 반장이라고만 할 뿐이다. 그날, 학원을 빼먹고라도 함께 갔어야 했다.

"해일아, 어제 아리하고 쓰리 사진 왜 안 올렸어?"

다영이 물었다. 아리 쓰리는 어느새 10반 마스코트가 되어 있었다.

"오늘 가서 올릴게."

"너 키우는 거 잘 봐 뒀다가, 나도 해 볼 거야."

"어렵지 않으니까 해 봐. 지란아, 다 먹었으면 나가자."

"응. 다 먹었어."

해일이 먼저 급식실을 나갔다. 그리고 지란도 곧 해일을 뒤따랐다.

다영은 해일을 슬쩍 보고 다시 밥을 먹기 시작했다. 해일은 끝까지 다영의 이름을 부르지 않았다. 지란아, 라고 한 번 더 불렀을 뿐이다.

"진오는?"
지란은 구령대 주위를 두리번거렸다.
"급식 먹자마자 없어졌어."
"혼자 어딜 간 거야. 근데 왜 불렀어?"
"주말에 아리 쓰리네 집 구경 안 올래?"
"좋지! 설마 가서 또 밥해야 하는 건 아니지?"
"하하하. 아냐."
"진오한테도 같이 가자고 해야겠다. 앤 어딜 간 거야. 어쨌든 가는 거다."
"그래."
"어? 소라야, 다영아! 니네 어디 가?"
지란이 운동장을 지나가는 아이들을 보고 큰 소리로 물었다.
"떡볶이 먹으러 간다!"
"같이 가! 해일아 나 간다."
지란은 구령대를 내려가 아이들에게 달려갔다. 급식이 입에 맞지 않아 대충 먹은 아이들은 교문 앞 분식집을 자주

이용했다. 청소년들에게는 급격한 소화를 위한 내장기관이 하나 더 있다는 루머와 급식에 소화제를 넣는다는 루머가 괜히 떠도는 게 아니었다.

해일은 달려가는 지란을 한동안 바라보았다. 교문을 경계 지점으로 감정이 바뀌는 아이다. 저렇게 환하게 웃는 모습이 참 모습일까, 멍들어 악만 남은 딸의 모습이 참 모습일까. 친아버지가 자신이 쓰던 가구들을 이제 버렸다는 것을 알고 있을까. 녀석, 많이 아플 텐데. 그래서 물건의 사연을 알아 버리면 안 되는 거였다.

"자신의 영혼도 그만큼 깎여 나간다는 거 잊지 마라."

느닷없이 가시가 되어 쿡 박힌 담임의 말이 떠올라 가슴이 뻐근했다.

"혼자 뭐 하냐?"

어느 틈에 다가온 진오가 해일 어깨에 손을 척 올렸.

해일이 얼마나 놀랐던지 구령대를 잡고 있던 손에 힘이 바짝 들어갔다.

"깜짝 놀랐네. 너 주말에 우리 집에 안 올래?"

"왜?"

"보여 줄 게 있어."

"뭔데?"

"너하고 지란이가 보면 깜짝 놀랄 거다."

"니가 도둑놈이라는 것보다 더 놀랄 일은 없을 거다."

진오는 구령대 벽을 탕탕 걷어찼다.

"아까 허지란하고 있던데, 고백했냐?"

"못했어……."

"혹시 허지란 말고, 다른 애들 것도 손댄 적 있냐?"

"1학년 때."

"도둑이라도 성역이 있어야지 새끼야. 적어도 우리 학교 애들 물건은 손 안 댄다, 뭐 이런 거. 너는 보호구역도 없냐?"

"보호구역을 침입하는 게 내 직업이야."

"그래, 직업이라고 치자. 근데 니가 왜 벌써 직업을 가져야 하는데? 배고파 죽겠어서 훔치는 것도 아니잖아."

"배고파 죽겠으면 훔쳐도 되는 거냐? 그래서 장발장은 그렇게 오랫동안 사랑받는 건가? 하하하하. 박진오, 보통은 자기가 직업을 선택하지만, 직업에 선택 당하는 사람도 있어. 내키지 않는데 할 수 없이 하게 되는 거야."

"내키지 않는 새끼가 왜 그렇게 충실한 건데?"

"모르겠어. 진짜 모르겠어. 이제는 정말 모르겠어."

진오는 혼란스러웠다. 해일을 범죄자로 봐야 하는가. 정신에 문제가 있는 환자로 봐야 하는가. 범죄를 저지른 환자로 봐야 하나. 몸이 스스로 판단하고 빠르게 움직이려면 얼마나 많은 경험을 몸에 각인시켜야 할까. 해일이 친구가 아니었어도 이렇게 관대할 수 있었을까. 진오가 괴로운 건 그거였다. 하필이면 괜찮은 녀석이라고 받아들인 뒤에 도둑질을 목격한 것이다. 해일의 어떤 면을 두고 괜찮은 놈이라고 생각했는지는 진오 자신도 모른다. 좋은 짝이 될 것 같다는 느낌은 어느 날 갑자기 번개처럼 꽂히는 것이기에.

"니 손이 진짜로 니 말을 안 듣는지 실험해 볼래?"

"……."

"사물함에 내 동생 닌텐도 넣어 놨다. 지난주에 생일 선물로 받은 거야. 가져가 봐. 넌 싫은데 니 손이 또 혼자 움직이는지 확인해 보라고. 비밀번호 602다. 오늘 야자 끝날 때까지야."

진오는 해일의 어깨를 툭 치고 계단을 올라갔다.

비밀번호 602. 지란의 친아버지가 살고 있는 아파트 호수였다.

"너 급식 먹고 어디 갔었나?"

진오가 자리에 앉자마자 지란이 물었다.

"놀러."

"해일이가 주말에 놀러 오래."

"들었어."

"토요일인데 급식 먹고 갈까 그냥 갈까?"

"그날은 꼭 제대로 된 밥 얻어먹고 올 거다. 그냥 가자."

"좋아. 근데 이번에는 해일이가 없어졌네. 얜 또 어딜 간 거야?"

지란은 교실을 대충 둘러보고 문제집을 펼쳤다.

진오는 참고서를 건성건성 넘기며 사물함을 주시했다. 곧 해일이 교실로 들어올 것이다. 그리고 오늘 밤 10시까지 닌텐도를 빼내야 한다. 진오뿐 아니라 누구에게도 걸리지 않는다는 조건이다. 날 때부터 그렇게 태어난 놈이라면 어떠한 상황에서도 성공해야 했다. 최첨단 보안장치와 경비원 가득한 미술관에서 미술품을 훔쳐내듯이. 그래야 자신의 행동을 납득시킬 수 있다. 천재가 꼭 좋은 쪽으로만 나는 건 아닐 테니까.

해일은 시작종이 울린 뒤에야 교실로 들어왔다. 평소와 같은 걸음 속도였고 표정에도 변화가 없었다. 그렇게 태연하게 걷다가 진오의 사물함 앞에서 잠시 멈췄다. 그리고 자물쇠를 툭툭 쳤다. 진오는 그런 해일을 뚫어지게 지켜보았다. 주인이 보는 앞에서 가져가는 건 도둑질이 아니라 갈취다. 내기에서 해일이 졌다는 말이다. 그때 해일이 진오 쪽으로 등을 보이며 몸으로 자물쇠를 가렸다.

일 초, 이 초, 삼 초.

해일이 돌아서서 원래의 걸음 속도로 걷기 시작했다. 자물쇠는 그대로 잠겨 있었고 해일의 손에 닌텐도는 없었다. 보고 있으면서도 볼 수 없는 기이한 일이 벌어진 것이다. 훔친 것인지 훔치지 않은 것인지 확신할 수 없는 상황이었다. 괜히 도둑으로 몰아 사물함을 열었는데 닌텐도가 그대로 있다면, 이제 죄는 누명을 씌운 주인에게 있는 것이다. 진오의 가슴이 마구 뛰었다. 설마 그 사이에 뺐을라고. 잠깐, 사물함 문이 열렸었나? 해일의 등을 보느라 미처 사물함의 문을 보지 못했다. 그렇다 하더라도 삼 초 안에 자물쇠를 열고 물건을 빼낸 뒤 다시 잠근다는 건 불가능했다. 단순한 속임수일 뿐 동요하면 안 된다. 진오는 해일이 자리에 앉는 것을 보고 자신도 자세를 똑바로 했다.

"성공했게, 실패했게?"

해일이 몸을 숙여 낮은 목소리로 물었다. 쿵! 심장이 내려앉은 진오는 앉아 있는 몸마저 휘청거린 것 같았다. 해일의 심리전에 말려들면 안 되지만 크게 움찔한 건 사실이다.

"옆 반에서 벽이라도 뚫었냐?"

"영화 너무 많이 보지 마라."

해일이 진오 어깨를 꾹 누르고 자세를 바로 했다.

옆 반에서 사물함 벽에 사제 폭탄이라도 터뜨린 것일까? 그것도 아니면, 도플갱어? 지켜볼 테니 가져가 보라고 제안한 건 진오다. 그런데 해일은 느긋했고, 진오는 초조했다. 당장 사물함을 확인해 보고 싶었지만, 훔치는 현장을 덮치는 게 아니라면 진오도 10시까지는 손을 댈 수 없었다.

자율 학습 첫 번째 시간이 끝났다. 몇몇 아이들이 화장실을 다녀왔고, 또 몇은 복도 끝에 설치된 자판기에서 음료수를 빼 왔다. 해일도 잠시 나가 주스를 빼 왔다.

"마셔."

해일이 알로에 주스를 내밀었다.

"이거 먹여서 화장실 보내려고 그러지?"

"너 화장실 갈 때 나도 따라갈게."

진오는 해일이 내미는 주스를 받아 단번에 마셨다. 안 그래도 인간 CCTV가 되어 사물함을 지키느라 목이 타던 참이었다.

"핸드폰을 저기 창가에 세워 놓고 동영상으로 찍어."

진오는 하마터면, 그런 방법이 있었구나! 하고 맞장구를

칠 뻔했다.

 두 번째 자율 학습이 끝나고, 해일은 약속대로 진오와 함께 화장실을 다녀왔다. 그리고 세 번째 자율 학습도 끝났다. 이제 해일과 함께 사물함으로 가서 자물쇠를 여는 일만 남은 것이다. 진오는 해일이 실패했길 바랐다. 성공했다고 너 진짜 도둑이었구나, 굉장한데! 하고 축하해 줄 일이 아니지 않은가. 실패했기를, 제발 실패했기를. 좋은 물건이 탐나서 한 실수였지 타고난 도둑놈은 아니었다고 한 대 치고 풀어 버리고 싶었다.

 "가자."

 진오가 먼저 사물함으로 가고, 해일도 곧 그 뒤를 따랐다. 두 사람이 나란히 사물함 앞에 섰다. 진오가 자물쇠 비밀번호 602를 누르고 사물함을 열었다. 닌텐도, 닌텐도가 사라졌다!

 "신고냐, 축하냐?"

 "같은 편이면 축하했겠지."

 진오는 사물함 문을 꽉 닫고 교실 밖으로 나가 버렸다.

 도둑놈의 새끼. 도대체 무슨 방법으로. 진오는 한시도 해일을 놓친 적이 없었다. 자율 학습 시간에도 해일의 발을 계속 주시했다. 여자아이들처럼 화장실도 함께 다녀왔고, 쉬는 시간에는 수시로 말을 걸어 방해했다. 유일하게 의심되는 건 그 사물함 앞에서의 삼 초다. 그때 곧장 달려가 해일의 몸을 수색했어야 했다. 빌어먹을, 어쨌든 해일은 성공했다. 제 말대로 눈앞에서 감쪽같이 빼 가는 천재 도둑임을 증명한 것이다. 이제 그 능력을 높이 사 열렬한 지지라도 보내야 할 판이었다. 진오는 머리가 터질 것만 같았다. 날 때부터 도둑놈인 놈을 잡으려면, 날 때부터 형사인 놈을 찾아야 한다. 도대체 그런 놈은 또 어디서······.

"언제 돌려줄까?"

"너 가져, 새끼야!"

진오가 소리를 지르는 바람에 지나가는 아이들이 흘긋 보기는 했지만, 해일이 워낙 환하게 웃는 바람에 아이들은 대수롭지 않게 생각했다. 해일은 진오와 나란히 걸었다.

"집에 올 거지?"

"가서 닌텐도만큼 먹고 올 거다."

"엄마가 고등어 해 준대."

"양식장에 다녀오셔야 할 거다."

"하하하하. 버스 온다. 나 먼저 갈게."

해일은 진오의 어깨를 툭 치고 버스 정류장으로 달려갔다.

진오는 우뚝 서서 해일을 바라보았다. 너 같은 새끼 재수 없다고 침 한 번 퉤 뱉어야 속이라도 편할 텐데, 빌어먹을 해일에게는 그런 마음이 들지 않았다. 그 혼란함이 싫었다. 친구라고 친구의 죄까지 관대해야 하는가. 그건 의리도 아니고 우정도 아니다. 진오는 해일이 당연히 실패할 것이라 생각했고, 실패했을 때의 행동만 염두에 두고 있었다. 그런 자신이 바보 멍청이 같았다.

눈 뜨고 있어도 코 베어 간다더니, 해일은 진오가 시퍼렇게 눈을 뜨고 있는데도 닌텐도를 빼냈다. 양심은 있는지 닌텐도를 들고 깐족거리지는 않았지만, 주말에 자기네 집에 '꼭' 오라며 틈만 나면 귀찮게 굴었다.

"간다고 몇 번을 말해, 새끼야!"

그럴 때마다 해일은 키득거리며 지란을 보았다. 지란도 뭐가 그렇게 웃긴지 같이 키득대면서 '꼭' 해일이네 집에 놀러 가야 한다며 못을 박았다.

"이것들이 진짜! 니들 나 토요일 날 결석하는 거 보고 싶어!"라고 큰소리 친 진오는 토요일인 오늘 결석을 하지 않았고, 수업이 끝나자마자 해일 지란과 함께 해일이네 집으로 가고 있었다.

"니네 아리랑 쓰리 집 보고 너무 놀라지 마라."

"놀랄 게 없어서 닭장 보고 놀라겠냐? 네 어머니 고등어 요리에나 놀라 보자."

진오는 해일을 스윽 보고 앞장서서 걸었다.

해일의 걸음은 집이 가까워질수록 눈에 띄게 무거워졌다. 오늘 반드시 뽑아내야 할 가시 때문이다. 고백하지 못하고 숨긴 일들이 예리한 가시가 되어 심장에 박혀 있다. 뽑자. 너무 늦어 곪아터지기 전에. 이제와 헤집고 드러내는 게 아프고 두렵지만, 저 가시고백이 쿡쿡 박힌 심장으로 평생을 살 수는 없었다. 해일은 뽑아낸 가시에 친구들이 어떤 반응을 보일지라도, 그저 묵묵히 받아들이고 따를 각오가 되어 있었다. 함께 가시 뺀 자리의 고름을 짜내든 심장을 도려내든.

딩동.

"어서들 오니라."

"안녕하세요."

어머니는 처음 본 지란과 진오를 오래전부터 보아 온 아이들처럼 대했다.

"밥 안 먹고 온대서 상 봐 놨다. 얼른들 먹고 놀아라."

놀아라, 라니. 진오는 해일 어머니를 멋쩍게 바라보았다.

아주 어렸을 때나 들었던 말이다. 유치원 때인가 초등학교 때인가 아무튼 그 뒤로 들어 본 적 없는 말이었다.

"전번에는 니들이 해 먹고 갔다며? 애기들이 고생했다."

애기. 따뜻하다. 지란은 지난번에 왔을 때 느꼈던 기분을 오늘도 고스란히 느꼈다. 자반고등어구이와 돼지고기를 넣고 볶은 김치, 들기름으로 잰 김, 소금만 살짝 친 달걀 프라이, 된장찌개와 총각김치. 여느 집 점심처럼 매우 평범한 차림이었지만 양은 엄청났다. 김은 제사상에 올릴 것처럼 크고 높이 쌓였고, 달걀 프라이는 한 판을 다 한 게 분명했고, 팔뚝만 한 자반고등어는 세 마리나 됐다. 된장찌개와 김치볶음까지 무엇 하나 부족함이 없는 양을 자랑하고 있었다.

"해일아, 엄마 공장 식구들 만나고 올게. 아버지도 그리로 바로 올 거야."

어머니는 거실에 미리 꺼내 놓은 외투를 입고 현관으로 나갔다.

"형은?"

"걔가 어딜 가면 간다고 하고 가디? 싸우지 말고 놀아라!"

어머니가 밖으로 나갔다.

"집에 어른 없으니까 편하게 많이 먹어라."

"배 터져 죽을 만큼 먹어 주마. 세 사람 먹는데 프라이를 이토록 많이 하는 집 니네가 처음이다. 한 판을 다 하신 거냐?"

"지난번에 니가 열 개를 한 번에 부쳤잖아. 그 얘기 듣고 이렇게 많이 했나 봐. 니가 책임지고 다 먹어."

"나 참……"

양이 많든 적든, 반찬 종류가 많든 적든, 친구네 집에서 먹는 밥은 늘 달다. 진오와 지란은 정말이지 배가 터지도록 먹었다. 그리고 드디어 아리 쓰리의 집을 구경하러 베란다로 나갔다. 해일이 밥을 다 먹기 전에는 절대로 나갈 수 없다고 하는 바람에 그제야 볼 수 있었다.

"근사하다!"

진오가 아리 쓰리의 집을 보며 감탄했다.

"어, 이거…… 이게 왜……"

지란의 얼굴이 하얗게 질렸다. 어머니가 화장대로 쓰던 콘솔이다. 해일의 가슴에 박힌 가시가 꿈틀거렸다.

"우리 엄마 화장대가 왜 여기 있어?"

"아버지가 아파트에서 가져오셨어."

진오의 표정이 일그러졌다.

"너 그래서 우리 오라고 한 거냐?"

"이게 우리 집으로 왔더라고."

"니네랑 다닌 다음부터 맨날 좆같은 일만 벌어져. 제발 상식대로 살아, 상식대로! 씨바, 어디 무서워서 니네랑 다니겠냐!"

몸에 기운이 쏙 빠진 진오는 거실로 들어와 소파에 털썩 앉았다.

"물건이야 귀신이야. 대찬 소녀는 삼겹살만 배터지게 먹이고, 도둑놈 새끼는 달걀만 죽어라 먹이고. 저것들 미쳤어. 다 큰 새끼가 병아리는 왜 키우고 지랄인데. 달걀을 하도 먹었더니 입에서 닭 냄새가 나. 아버지가 둘인 대찬 소녀는 왜 새아버지 전자수첩 잃어버리고 친아버지한테 화풀인데? 미쳤어, 저것들……"

진오는 방언 터진 수도자처럼 낮은 목소리로 중얼중얼했다. 해일은 그런 진오를 뒤로 하고, 방으로 들어가 넷북을 들고 나왔다.

"받아, 네 친아버지 넷북이야."

지란의 눈물이 거실 바닥으로 후드득 떨어졌다. 놀란 것도 미운 것도 화가 난 것도 아니다. 머리는 멍했고, 심장은 꾹꺽꾹꺽 뛰기만 했다. 지금 내 심정이 이래서 저렇다, 라고 또박또박 말하고 싶은데, 그저 눈물만 쏟아졌다. 이토록 백지 같은 상황에서도 올곧이 살아 있는 감정 하나, 서러움. 어디서 흘러들어와 이토록 깊게 고였는지…….

"미안하다."

존재하는 사과를 모두 쏟아붓고 싶은데 떠오른 말은 고작 미안하다, 뿐이었다. 해일은 핑크색 넷북을 지란에게 내밀었다. 드디어 첫 가시고백을 뽑고 있는 것이다.

"난 처음 보는 거야. 버려."

"너 어렸을 때 사진 잔뜩 있더라."

"웃기지 마. 나 어렸을 땐 우리 집에 디카 없었어!"

"필름 사진 스캔하신 것 같더라."

필름 사진을 스캔까지 해서 가지고 있을 줄이야. 아빠……. 어렸을 때는 멀리 허가 보이면 힘차게 달려가 안겼었다. 번쩍번쩍 들어 올려도 떨어질 거라는 생각은 단 한 번도 한 적 없다. 아빠가 들어 올리는 거니까. 그랬던 허가 끔찍해지기까지 몇 년이 걸렸을까. 숨이 컥 막혔다.

"넷북은 돌려줄 수 있는데, 전자수첩은 못 돌려줘. 미안해……."

"뭐?"

지란은 자신의 귀가 미쳐 버렸다고 생각했다.

"팔았거든. 같은 걸로 구해 줘도 안 되는 거지?"

"야, 이 미친놈아!"

지란은 해일을 마구 때렸다. 그게 어떤 건데, 내가 처음으로 새아버지한테 애교 떨면서 빌린 거라는 거, 너 알아? 가슴이 이제 이 사람도 네 아버지라고 하기에 처음으로 진짜 딸이 되어 빌린 건데, 네가 다 제자리로 돌려놓은 거라고, 악을 쓰고 싶었다. 그러나 말은 입에서만 맴돌고 밖으로 나오지 않았다. 말이 막혀 가슴이 답답한 지란은 발을 쿵쿵 굴렀다.

"허지란, 너 좀 앉아라."

진오가 지란을 소파에 앉혔다.

지란은 소파에 발을 올려 무릎을 꼭 안았다.

"너 그 전자수첩이 어떤 건 줄 알아? 그 넷북이 어떤 건 줄 아냐고."

"미안하다."

"왜 나야? 왜 내 아빠들이냐고!"

해일이 고개를 숙였다. 더 이상 미안하다는 말조차 할 수 없었다. 지란의 잘못도 아니고 두 아버지와도 상관없었다. 그저 전자수첩과 노트북일 뿐이었다. 하지만 도둑은 걸리면 어떤 핑계도 댈 수 없다. 주는 벌, 그냥 받아야 했다.

"하하하하! 하하하하하!"

지란이 갑자기 웃어 댔다.

"알았다, 알았어. 그 초코파이. 그래, 그래서 그런 거였어. 정말 눈 깜짝할 사이였다니까. 마술사처럼 근사해야 했는데 뭔가 다르더라고. 이상하게 뭐가 있는 놈같이 찜찜했는데, 그게 그런 거였어……."

이번에는 지란에게서 방언이 터졌다. 섬광 같은 깨달음에 눈이 뜨이고 말이 터진 것이다. 혹시 해일을 좋아하는 건 아닐까 잠시나마 설레었는데. 진심으로 웃음이 났다. 울음을 게워낸 자리에 허허허 고인 웃음이었다.

"나 참 하이고, 하하하하."

지란은 한숨을 한 번 쉬고 또다시 웃기 시작했다.

"허지란, 내가 이 자식 죽여 줄까?"

진오가 손가락 뼈를 우두둑거리며 물었다.

"그래 확 죽여 줘라."

"오케이. 이 도둑놈의 새끼야, 허지란이 아버지를 아버지라 부를 수 있는 사람이 두 분이나 되니까 샘났냐? 전자수첩은 벌써 팔았어? 아주 신속한 도둑놈이야 이거. 내 손에 끌려갈래, 니 발로 가서 자수할래. 저는 비싼 전자수첩 처먹고, 우리는 싸구려 건전지로 공범을 만들어? 무슨 새끼가 n분의 1정신도 없어! 너 오늘 죽었어."

이번에는 진오가 대신 잔가시를 뽑아 준 것이다. 진오는 해일의 목에 팔을 걸어 뒤로 넘어뜨렸다.

"건전지? 그때 우리 준 건전지도 슬쩍한 거였어?"

"그렇다니까. 이거 아주 잡식성 도둑놈이야. 허지란, 이 새끼 꽉 잡아."

지란이 해일의 발목을 꽉 잡았다.

"나보고 잔뜩 가져가라더니 다 이유가 있었어. 전자수첩 토해내!"

"하하하하하 하하하하하하!"

해일이 웃었다. 창자까지 컹컹 울리는 통곡과도 같은 웃음이었다. 그래서 눈물이 났다. 귓바퀴 속으로 흘러들어갈 만큼 많은 눈물이었다. 잘됐다. 친구들에게 걸려서. 용서를 받지 못해 잘못을 지고 살아야 한다 해도, 이런 친구들이 있어서 다행이었다.

"미친 새끼가 이제는 웃으면서도 울어."

"하하하하하하!"

지란도 해일의 발목을 놓고 바닥에 주저앉아 웃기 시작했다. 욕쟁이와 도둑놈을 친구로 두다니. 예상 친구 목록에 전혀 없던 존재들이다. 이 녀석들을 데리고 어떻게 학창 시절을 무사히 마칠지 벌써부터 고민이었다.

"여, 드림팀 왔네!"

언제 왔는지 모르겠는 해철이 주방 벽에 기대어 서 있었다.

"해일이하고 지란이 싸웠냐? 둘 다 운 것 같은데?"

"둘이 맨날 죽어라고 싸워요."

진오가 대신 대답했다.

"이봐 동생. 형이 지란이 격하게 아낀다고 했지. 자식이 질질 짤 거면서 왜 싸우고 난리야? 지란이 너, 내 핸드폰 번호 가지고 있어라. 저 자식 또 까불면 나한테 바로 전화해. 확 패 줄 테니까."

전화를 하라니. 해철의 몸에 빛무리가 졌다. 물론 지란에게만 보이는 빛무리다.

"형님은 제 번호 꼭 가지고 계세요."

진오가 해철에게 다가갔다.

"왜?"

"아리 쓰리 잡는 날, 전화 꼭 주셔야 합니다."

"번호 불러."

진오가 해철에게 번호를 불러 주고, 해철은 불러 준 번호로 전화를 걸었다.

"내 번호 떴지? 근데 내가 왜 사내 녀석하고 번호를 주고

받는 거지?"

해철은 자못 심각했다.

"저기 오빠⋯⋯ 번호 알려 주셔야죠."

해철은 지란이 너무 바짝 다가와 순간 움찔했다.

"도대체 내가 왜 니들하고 번호를 주고받고 있냔 말이다."

해철은 번호를 알려 주고 고뇌에 찬 표정으로 방으로 걸어갔다.

"오빠 멋있다!"

"그런 말은 속으로 할 수 없냐?"

진오가 지란을 째렸다.

"왜 속으로 말해? 난 좋은 사람은 그냥 좋다고 해."

"그럼 난."

"너? 넌⋯⋯ 도대체 정체가 뭐냐?"

"하하하하. 둘 다 방으로 들어와. 아직 남은 일이 있거든."

진오와 지란이 방으로 들어오자 해일이 문을 닫았다.

"뭔데 문까지 닫아? 나 이제 너 무서워지려고 해."

진오가 침대에 걸터앉았다.

"지란아, 그거 이제 진오 줘라."

해일이 지란에게 윙크를 했다.

"아참, 하도 정신이 없어서 깜빡했네."

지란이 가방에서 닌텐도를 꺼내 진오에게 내밀었다.

"해일이가 문자 보냈더라. 너 놀려 주자고. 난 얘가 진짜 도둑인 줄도 모르고, 문자 받자마자 신나서 훔쳤잖아."

진오의 입이 떡 벌어졌다. 그냥 계속 도둑질을 하는 게 어떻겠냐고 진심으로 권유하고 싶을 만큼 해일의 손은 정녕 빨랐다. 해일은 진오의 제안을 받고, 진오가 교실로 가는 동안 지란에게 메시지를 보냈다.

> 진오 사물함 닌텐도, 비번 602. 놀려 주자. 교실로 가는 중 빨리 빼.

지란이 진오의 사물함에서 닌텐도를 빼는 순간, 아무도 지란을 의심하지 않았고 주목하지 않았다. 온전히 장난이었기에 지란에게서 훔치는 자의 초조함과 어두운 기운이 보이지 않은 탓이다. 다른 아이들이 봐도 상관없고 안 봐도 상관없는, 뒷모습마저 킥킥 웃고 있는 장난이었으니까. 그런데 하필 도둑놈과 도둑질하는 장난이었다니. 지란은 더 이상 놀랄 기운도 없었다.

"니들 같은 팀이지?"

진오가 물었고,

"원래 도둑질은 그렇게 하는 거야."

라고 해일이 대답했다.

"훔친 건 왜 돌려주는데?"

"나도 친구 물건은 안 건드린다."

"성역 없다며?"

"이제 생겼어."

"니 성역은 니 거 뺀 남의 물건 전부야, 도둑놈 새끼야."

"그럴게, 진짜 그렇게 할게. 고맙다. 진심이야."

예상치 못한 해일의 다짐에 진오가 잠시 움찔했다.

나쁜 놈들이면서 썩 괜찮은 녀석들, 지란은 코끝이 찡했다.

"허지란, 집에 가자."

진오가 가방을 멨다.

"진오야, 건전지 가져가라. 어머니가 좋아하신다며."

"자수나 해, 미친 새끼야!"

진오는 부릅뜬 눈으로 해일을 노려보고 밖으로 나갔다.

"허지란 빨리 안 나오고 뭐 해? 형님, 우리 갑니다!"

해철이 방문을 열고 얼굴을 빼꼼 내밀었다. 진오는 이미 현관을 나간 뒤였다.

"오빠, 저 또 와도 되죠?"

"그럼, 그럼. 맨날 와도 돼."

"안녕히 계세요! 야, 같이 가!"

지란은 빠르게 인사하고 나와 얼른 진오를 따라잡았다.

"한 번만 봐주자. 보니까 후회 많이 하는 것 같더라."

"같은 팀인 너나 실컷 봐줘!"

"괜히 신경질이야. 너 솔직히 해일이 좋아하잖아."

지란이 휴대전화에 해철의 번호를 '해철느님'으로 저장하며 말했다.

"좋아하는 게 아니라, 아직 미워하지 않는 거야."

"왜?"

"새끼가 그래도 염치는 있잖아. 적어도 지가 한 짓이 나쁜 짓인 줄은 안다는 거야. 친구 어려운 줄도 알고. 그러니까 아직은 옐로카드야, 1차 경고. 야, 이제 친구네 형도 느님이냐!"

지란의 휴대전화를 슬쩍 본 진오가 버럭 소리를 질렀다.

"해철 오빠 멋있잖아. 어, 택시나. 진오야, 니 먼저 갈게."

"어디 가는데 택시씩이나 타냐?"

"친아빠네. 택시!"

택시가 지란 앞에 섰다.

"허지란. 아버님한테 죄송하다고 전해 줘라."

"응."

지란이 택시를 타고 사라졌다.

2학년 올라오고 바로 옆 분단에 지란이 앉았다. 이상형은 때때로 바뀌었고 그만큼 좋아하는 스타일도 많았다. 그런데 지란 같은 아이는 상상해 본 적이 없었다. 눈에 확 띄는 외모도 아니고, 남달리 비상해 주위를 압도하는 스타일도 아니다. 혼자 있을 땐 잘 모르겠는데 이상하게 남들과 섞여 있으면 더 눈에 띄었다. 예쁘다고 하기에는 평범하고 평범하다고 하기에는 자꾸 눈이 가는 아이. 끌림. 진오는 지금 그 어떤 것보다 강하다는 끌림을 경험하고 있는 것이다. 낯선 경험이라 영 어색한, 왜 좋은지 몰라 매우 난감한, 그것이 바로 끌림이다.

"니 이상형은 열두 살 이상이냐!"

지란이 허에게 넷북을 내밀었다.

"이거 돌려주려고."

"너 쓰라니까. 너 주려고 산 거였어."

"스캔한 사진도 있던데."

"다른 컴퓨터에도 저장해 놨지."

"언제 이사 가?"

"전세는 금방 빠지더라. 이달 말일 날 갈 거야. 한번 와 볼래?"

"…… 초대하면."

신발도 벗지 않은 채 현관에 그대로 서서 말하는 딸과 들어오라는 말 한마디 못 하고 그냥 서서 딸을 맞는 아비. 허가 웃었다. 고약하게 구는 딸이지만 찾아오지 않는 딸보다는 나았으니까.

"이거 나 정말 가져?"

"전에 어디 다녀오는데 보이더라. 너 핑크색 좋아하잖아. 그래서 샀어."

"내가 언제 핑크색을 좋아했어? 아빠 마음대로 맨날 핑크색 사 왔지."

"그랬냐? 진작 말을 하지……."

"말했었어."

"너 무슨 색 좋아하는데?"

"회색."

"무슨 여자애가 회색을 좋아해?"

"옛날에 말할 때도 아빠 지금하고 똑같이 말했었어."

"맞다. 제일 싫어하는 색은 베이지, 캐러멜 색. 그래서 스카치 캔디도 안 먹는다고 했어."

허는 오늘과 같은 대화를 했던 게 그제야 기억났다.

허가 캐러멜이라는 말을 하기가 무섭게 지란의 눈에서 눈물이 뚝 떨어졌다. 이 세상에서 가장 싫은 색, 캐러멜 색. 이 세상에서 가장 싫은 음식 캐러멜. 그렇다면 이 세상에서 가장 싫은 사람은 허인가? 누가 묻는다면 오기로라도 그렇다고 할 테지만, 가슴이 아직은 아니라고 했다. 그러니까 아직은……

"내 친구 중에 아주 나쁜 짓을 한 애가 한 명 있는데, 오늘 한 번만 봐주기로 했어. 그래서 아빠도 한 번만 봐주려고. 나도 잘한 게 없으니까."

"……"

핑크색 하트 베개를 안고 울던 어린 지란이, 이제 핑크색 넷북을 안고 운다. 자신은 늘 딸을 울리는 아빠였구나, 싶었다.

"이사 가면 자주 놀러 와."

"빨래할 때 섬유유연제 좀 넣어. 우리 담임도 혼자 사는데 꼭 넣는다더라. 그래야 이사 간 집에서는 홀아비 냄새 안 나. 아빠 여자 친구는 그런 것도 신경 안 써 줘?"

"대신 다른 건 많이 신경 써 줘, 하하하하!"

허가 크게 웃었다. 딸이 아비를 봐주고, 아비의 여자를 인정해 줄 만큼 자란 것이다. 이제 그만 올려야 했다.

지란이 현관문을 열고 뒤를 돌아보았다.

"이사한 집에 내 친구들하고 같이 가도 돼?"

"신나게 낙서한 친구들?"

"괜찮은 애들이야."

"꼭 같이 와. 얼굴 좀 보자."

지란이 피식 웃고 밖으로 나갔다.

허는 얼굴을 감싸고 주저앉았다. 딸이 친구들과 함께 온다고 한다. 뭘 해 주지? 맛있는 거 해 줘야 할 텐데. 요즘 아이들은 뭘 좋아하나? 신음 같은 허의 울음소리가 문밖까지 들렸다. 울음이 쏟아지지 않도록 목에 힘을 꽉 주고 있을 것이다. 지란은 그 울음이 얼마나 쓰고 아픈지 잘 알고 있었다.

"꼭 갈게."

지란은 조용히 혼잣말을 하며 아파트 복도를 걸어갔다.

허를 만나고 돌아가는 날은 늘 화가 났고, 늘 울음을 참아야 했다. 돌아보니 자신을 보내고 난 허도 그랬을 것 같았다. 아버지의 여자. 어머니를 뺀 세상 모든 여자는 안 되는 거였다. 심지어 이혼한 뒤에도 허에게 여자는 안 됐다. 자신의 방에 놓인 재떨이보다 안방 어느 여자의 속옷에 더 화가 난 것도 그 때문인지 모른다. 어머니를 두고 어떻게 다른 여자를, 과 자신을 두고 어떻게 다른 여자를, 이 합해져 허가 더욱 미웠던 것이다. 지란은 이제 허를 허의 여자에게 보내기로 했다. 아버지의 여자를 질투한다는 거, 왠지 촌스럽고 우스운 일 같으니까.

"이혼했으니까 봐주는 거야!"

지란도 오늘, 원망의 가시를 하나 뽑아냈다.

9

옐로카드

 지란이 화장실에서 나오자마자 다영은 기다렸다는 듯이 달려갔다.

 "해일이네 언제 또 갈 거야? 아리 쓰리 보고 싶다."

 "니가 가자면 난 아무 때나 갈 수 있어."

 지란은 속으로 함성을 질렀다. 해철을 두고 아리 쓰리 핑계만 댈 순 없지 않은가. 다영이다. 다영이 가고 싶어 하니까. 이 좋은 기회를 놓치면 안 된다. 지란은 다영의 손을 잡고 달리기 시작했다.

 "왜 그래?"

 "빨리 가서 해일이한테 말해야지."

"너 혹시 해일이 좋아하니?"

"나 걔 안 좋아해."

그런 걸 거짓말할 아이는 아니지만, 그래도 다영은 지란을 의심했다. 그러나 지란은 다영이 의심하든 말든, 교실로 오자마자 해일을 찾았다.

"해일아! 이번 주 토요일에 니네 집 가도 되지?"

"와도 되는데, 엄마랑 아버지는 안 계실 거야."

"해철이 오빠도 없어?"

"형은 있어. 두 분만 일박 이일로 산에 가셔."

"그래? 잘 다녀오시라고 꼭 전해 줘. 어쨌든 토요일 날 간다."

"와."

"다영아, 해일이가 집에 오래."

다영의 얼굴이 화악 달아올랐다.

"니들 병아리 처음 봐? 왜 자꾸 해일이 귀찮게 굴어!"

진오가 자세를 획 틀고 소리쳤다.

"응. 난 처음 봐."

지란은 진오를 향해 활짝 웃었다.

"아, 진짜……."

진오는 또다시 생각하는 사람 자세로 앉아 생각 없는 사람처럼 인상을 구겼다.

지란이 집에 막 들어왔을 때, 어머니 아버지는 TV홈쇼핑에서 판매하는 마감 임박 비프스테이크에 폭 빠져 있었다.

"고추장에 비빌 생각을 왜 못 했을까? 소고기 따로 볶을 필요 없겠네요."

아버지는 비프스테이크의 다양한 활용법에 실로 감탄한 눈치였다.

"지란아, 이리 와서 저것 좀 봐봐."

어머니가 급하게 지란을 불렀다. 지란이 소파에 앉았다.

"저거 맛있겠지? 두 세트 시킬까?"

어머니는 비프스테이크에 과한 욕심을 부렸다.

열다섯 개 한 세트에 서비스 다섯 개. 두 세트면 총 마흔 개다.

"그걸 누가 다 먹어. 한 세트만 시켜. 지난번에 시킨 장어는 어쩔 건데."

지란이 아직도 냉동고를 꽉 채우고 있는 장어를 상기시켰다.

"맞다. 장어 있었지. 한 세트만 시키자."

드디어 어머니가 전화기를 들었다. 아버지가 옆에서 마

감 임박 시간을 체크하며 주문을 도왔다. 어머니가 웃는다. 저 환한 웃음을 허에게도 보여 주었으면 좋았을 텐데. 어쩌면 허는 저렇게 웃어 줄 사람이 필요했을지 몰랐다. 어머니도 지란도 허에게 그렇게 웃어 주지 않았으니까.

"엄마 나 배고파."

"그래? 너 장어 먹을래?"

주문을 마친 어머니 눈이 반짝였다. 묵힌 장어를 먹어 치울 좋은 기회였다.

"좋아. 난 고추장 양념으로."

"나는 간장 소스 찍어 먹어야지. 여보, 생강 있죠?"

아버지도 손바닥을 싹싹 비비며 일어났다. 어머니가 얼른 주방으로 달려갔다. 아버지는 베란다에서 휴대용 가스레인지를 가지고 올 테고, 어머니는 주방에서 생강을 채 썰겠지. 환상의 호흡이었다. 지란은 그냥 웃고 말았다. 아버지가 가스레인지를 거실 탁자에 내려놓았다.

"아빠."

"왜?"

"그 색깔 렌즈, 그냥 투명한 걸로 하면 안 돼요?"

"멋있지 않아?"

"라식한 사람도 아니고, 전혀 안 멋있어요. 눈이 보이는 것도 아니고 안 보이는 것도 아니고, 아빠 볼 때마다 갑갑해서 죽는 줄 알았어요. 유행 다 지난 막차 타 놓고, 자기가 패셔니스타인 줄 아는 아저씨들처럼 촌스러워요."

아버지는 지란의 목에 팔을 두르고 소파에 넘어뜨리는 시늉을 했다.

"너 그걸 왜 이제 얘기해서 아빠를 막차 탄 패셔니스타로 만들어!"

"아빠가 색깔 안경에 너무 긍지를 가지고 계셨잖아요!"

"그럼 어떤 걸로 할까?"

"테를 예쁜 걸로 하세요. 그래야 은근히 멋있어요."

"토요일 날 같이 가서 고를래?"

"어…… 토요일은 곤란하고요, 일요일 날 가요."

"좋아. 근데 토요일은 왜?"

"친구네 놀러 가기로 했어요."

"하루 빨리 막차에서 내려야 하는데. 그건 그렇고, 너 용돈 남았냐?"

아버지는 용돈에서 소리를 팍 낮춰 물었다.

"다 떨어졌어요."

지란도 아버지만큼 낮은 소리로 대답했다.

"토요일 날 학교가기 전에 아빠 좀 잠깐 보자."

"네. 아 참, 아빠."

"왜?"

"만약에 아빠가 다른 애 새아빠였으면, 나 되게 질투했을 거예요."

"이 녀석이…… 용돈 불리는 법을 아주 잘 아는데!"

"하하하하!"

지란은 크게 웃으며 방으로 뛰어갔다. 옅은 보랏빛 안경알 너머로 보인 아버지의 눈물이 툭, 떨어질까 봐 먼저 자리를 피해 버렸다. 주방에서 석쇠와 장어를 들고 있는 어머니의 눈도 아버지와 같았다. 그래서 고맙다고 사랑한다고 하지 못했다. 어머니는 부쩍 자란 지란이 마냥 기특했다. 부족한 부모 때문에 많이 힘들었을 텐데, 참 잘 자라 주었다. 고맙고 또 고마웠다.

가발 공장의 윤곽이 잡혔다. 약간의 신입사원과 손에 일이 익은 기술자들이 모인 것이다. 아버지도 공 사장을 만나고 온 뒤로는 전처럼 어머니를 간섭하지 않았다.

"그럼 날마다 남양주까지 출퇴근하는 거여?"

"공 사장이 아침마다 강변역에서 태우고 가고, 끝나면 태우고 나올 거여."

"공 사장 놈 차 타고 다니면 힘이 하나도 안 드나 보네."
"버스보다야 낫지 뭘 그려. 버스비도 안 내고 좀 좋아."
"그거 다 월급에서 까는 거여. 뭘 알고나 말해."
"다른 건 몰라도 공 사장이 그런 사람은 아녀."
"이 여편네는 왜 공 사장이라문 자다가도 칭찬이여!"
"그려, 공 사장 아주 빌어먹을 놈이여! 내일 산에 가야 하니까 그만 자자고."

아버지는 어머니에게서 등을 휙 돌렸다. 그 바람에 이불이 허리까지 내려왔다. 어머니가 이불을 당겨 아버지 어깨까지 폭 덮어 주었다.

"어깨 시리다면서……. 나이 먹고 한기 들면 못써."

다음 날 새벽. 해일은 어머니를 따라 관광버스가 서 있는 곳으로 나갔다. 공 사장이 가발 공장의 힘찬 출발을 위해 지리산 등반을 제안한 것이다. 멀리 모여 있는 사람들이 보였다. 가발 공장 식구뿐만 아니라 다른 산악회 팀들도 함께 있었다. 해일은 늘 궁금했다. 도대체 아주머니들은 왜 하나같이 똑같은 모습으로 산에 오르는 것일까. 똑같은 모자에 똑같은 바지. 똑같은 셔츠에 똑같은 조끼. 어머니가 아주머니들과 같이 있으면 단번에 찾아내기 힘들 정도다. 이 사람 저 사람 다 어머니 같으니, 다가가 "혹시 나를 낳으신 분인가요?" 하고 물어봐야 할 지경이었다.

"셔츠 색깔 참 좋다. 어디서 샀어?"

해일 어머니가 자신과 똑같은 차림을 한 공장 동생에게 물었다.

"수지 가는 길에 할인매장 있잖아. 언니는 산에 간다고 머리 새로 했나 봐? 형부 또 의심하는 거 아냐? 하하하하."

아무리 봐도 어머니와 아주머니의 셔츠는 똑같았고, 두 사람의 머리 모양은 더욱 똑같았다. 아주머니의 셔츠 어느 부분이 어머니의 셔츠보다 더 좋은 것일까. 두 사람 중 과연 누가 새로 한 머리일까. 지금까지 남보다 감각이 떨어진다고 생각해 본 적 없는 해일이지만, 머리카락 두께처럼 섬세한 어머니들의 감각에는 절로 고개가 숙여졌다. 그때 멀리서 아버지가 달려왔다. 역시 먼저 와 있는 여느 아저씨들과 똑같은 차림이다. 정녕 아버지에게조차 "저를 낳으신 분인가요?" 하고 물어야 한단 말인가.

"안 간다더니 웬일이래."

어머니가 새침한 표정을 지었다.

"집에서 할 일도 없고, 지리산 가 본 지도 좀 됐잖어."

아버지는 민망한지 헛기침만 내뱉었다.

"형님! 오실 줄 알고 한 자리 빼놨지요. 잘 오셨어요."

공 사장이 달려와 아버지를 맞았다.

"니가 가는 데마다 말아먹고 다니니까 걱정돼서 왔다!"

"형님이 안 밀어 주니까 자꾸 말아먹지!"

"니 또 말아먹으면 인제는 내 마누라 안 내준다."

"형님, 저 이번에는 절대로 안 넘어집니다."

아버지가 공 사장 어깨를 꾹 눌렀다. 사나이들만의 신뢰의 표시였다.

"6시 지리산 팀! 모두 타세요. 출발합니다!"

버스 기사가 소리쳤다. 사람들은 길게 줄을 서서 차에 오르기 시작했다.

해일이 들고 있던 가방을 어머니 어깨에 메어 주었다.

"아리랑 쓰리 굶기면 안 된다! 냄새나니까 바닥 꼭 갈아 주고."

어머니는 신신당부를 하고 버스에 올랐다. 어머니가 버스에 오를 때, 뒤에 서 있던 아버지가 어머니 가방을 살짝 들어 올렸다. 남사스러워 남들이 볼 때는 아내의 가방을 척 들어 주지는 못하지만, 뒤에서는 슬쩍 받쳐 주기도 하는 남자였다. 버스는 앞에 서 있는 택시를 향해 경적을 울리고, 드디어 출발했다.

"잘 다녀오세요!"

안개 하나 없이 맑은 새벽이다. 해일은 해철에게 메시지를 보냈다.

아버지 엄마 출발했어!

알았으니까 와서 밥해.

오늘 주5일제 아냐. 나 학교 가야 해.

그럼 밥 차려 놓고 가라 하하하.

형 우리 식구 임상 실험은 잘 돼 가?

벌써 끝났지.

우리한테 이상한 약 먹인 건 아니지?

약을 왜 먹여. 사람이 사람을 움직여야지. 그게 진리다.

사람이 사람을······.

형, 나 형하고 같이 감정 설계 공부할까?

그냥 니가 내 연구 사라. 싸게 넘길게. 나 양계장 한번 해 볼까 해.

아, 형!

정말이지 못 말리는 해철이였다. 해철은 분명 부스스한 머리를 한 채 달걀 프라이라도 부치고 있을 거였다. 해철은 늘 그랬다. 해일이 날 때부터 열두 살이나 먼저 앞으로 가 있는 해철은 벌써 어른이었고 다가가기 힘든 형이었다. 형이냐는 말보다 삼촌이냐는 말을 더 많이 들었다. 남들처럼 형하고 싸워 보지도 못했고, 형 따라 놀러 나간 기억도 별로 없다. 그래도 해일을 챙기는 건 늘 해철이였다.

"해일아, 빵 먹고 가."

"해일아, 신발주머니 챙겼어?"

"해일아, 학교에서 이런 거 쓰지?"

"해일아, 저녁 먹었어?"

해일의 이름을 가장 많이 부른 사람이 바로 해철이였다.

"우리 형 멋있다!"

수업이 끝나고 네 명의 아이들이 교정을 걸었다. 해일과 지란이 앞장서고 그 뒤를 진오와 다영이 따랐다.
'허지란 너, 형님 때문에 가는 거 내가 모를 줄 알고?'
진오는 지란의 뒤통수를 노려보았다.
'지란이 쟤 해일이 좋아하는 것 같아…….'
다영은 어깨가 닿을 듯 말 듯 걸어가는 해일과 지란을 노려보았다.
"오늘은 김치찌개 끓일 거야."
"엄마가 반찬 다 해 놓고 갔어."
"찌개도?"
"그럴 거야."
"그럼 내가 데우지 뭐. 근데 뒤통수가 왜 이렇게 뜨끈해."
지란이 휙 돌아보니, 짝사랑으로 가슴에 가시사랑이 콕콕 박힌 진오와 다영이 뜨겁게 노려보고 있었다.
"해일아, 쟤들 잘 어울리지 않냐?"
"잘 어울려."
지란은 다영과 진오 사이로 걸어왔다.
"진오야, 다영이 학원 빠지고 가는 거 알지? 잘해 줘라."

"얘 학원 빠지는 게 나랑 무슨 상관인데?"

"니가 그러니까 여자 친구가 없지. 다영아, 깊게 생각해라."

"얘가 뭐라는 거야!"

빵! 빵! 그때 담임이 교문 바로 앞에 차를 세우고 경적을 울렸다.

"니들 어디 가는 것 같은데?"

"우리 해일이네 아리 쓰리 보러 가요."

다영이 들뜬 목소리로 대답했다.

"가서 아리 쓰리랑 함께 찍은 인증샷 올려라. 하하하하."

"네 꼭 올릴게요!"

빠앙. 담임의 차 뒤에서 다른 선생님의 차가 경적을 울렸다.

"잘 다녀와라. 나 먼저 간다."

"안녕히 가세요!"

담임의 차가 출발하고 뒤에 서 있는 차도 출발했다.

아이들도 정류장으로 걸어갔다. 정류장 한쪽에는 미연이 혼자 서 있었다. 학교 안에서는 누군가와 늘 붙어 있지만 밖에서는 혼자였다. 왜 아니겠나. 벌써 열여덟이다. 어지간한 일은 경험할 만큼 했고 사람과의 관계도 영리해졌다. 적으로도 만들지 않고 곁에도 두지 않는. 학교 안에서 다가오는 건 막지 않겠으나 밖에서의 접근은 사양한다.

"주말에 영화 볼래?"

미연이 묻는다.

"미안, 나 약속이 있어."

아이들이 대답한다.

"오늘 끝나고 샐러드바 가자. 학생 전용 생겼다더라."

"미안해. 우리 언니하고 만나기로 했어."

가족이라도 끌어들여 미연의 방과 후 접근을 막았다.

이제 미연은 새로운 얼굴을 기다릴 것이다. 그리고 새얼굴이 나타나면 간 쓸개 다 빼 줄 것처럼 철썩 붙어, 아주 천진하고 확신에 찬 얼굴로 누군가를 마르고 닳도록 씹을 것이다. 아이는, 그렇구나. 어쩐지 그렇게 보이더라. 웬일이니 재수 없다, 고 맞장구치는 수순을 밟는다. 그러다 미연에게 당할 만큼 당한 뒤 이건 아니다 싶을 때 이렇게 말하는 것이다.

"오늘 엄마랑 어디 가야 돼. 미안."

그래도 우리의 미연은 달린다. 절대 우월감과 독보적인 토사구팽의 기술을 가졌으니. 조심해야 한다. 미연 같은 아이는, 상대가 무언가를 잔뜩 받은 것 같은 혹은 앞으로 받을 것 같은 착각을 하게 만든다. 그러나 돌아보면 하나를 받고 아홉을 빼앗겼을 것이다. 겨우 받은 하나도 미연과 함께 꼭꼭 씹어 댄 누군가를 잃은 것에 비하면 얻은 것도 아니며, 미연과 동급으로 바라보는 아이들의 시선을 감당해야 하니 그 억울함이 하늘을 찌르겠다. 아니면 미연과 함께 또 다른 왕비가 되어 아침마다 거울을 찾는 방법도 있다. 거울아, 거울아 이 세상에서 누가 가장……. 그리고 제 마음에 안 드는 상대에게 먹일 독사과만 마련하면 되는 것이다. 맞고 치듯이 거울로 서로를 호명해 너 죽고 나 죽자 식이 아니라면, 동병상련한 짝으로 둘의 우애가 더욱 깊어질 수도 있다.

"반장, 오미연 혼자 있는데 알은척 좀 하지?"

지란이 다영 어깨에 손을 두르며 말했다.

"용창느님이 그러는데, 싫은데 억지로 놀아 주는 거 반장병이래."

"그래도 반장이 그러면 안 되지."

"나 방과 후까지 반장은 아니거든!"

"야박한 반장 같으니라고. 버스 왔다, 타자!"

아이들은 이제 막 도착한 버스에 올라탔다.

창밖으로 본 미연은 누군가와 전화를 하고 있었다.

"반장 정다영. 남자애들하고 우르르 어디 가던데? 반장이라고 그런 데 못 가냐? 하여간 정다영, 남자애들하고 딱 붙어서 가더라."

　주변 불특정 다수 중 정다영을 알고 있는 누구 하나 걸려라. 그리고 퍼뜨려라. 정다영이 남자아이들하고 몰려다니는 아이라고. 미연이 굳이 '반장'과 '정다영'을 강조한 이유다. 반장도 많고 다영이도 많지만, 반장 정다영은 10반 정다영뿐이니까. 아, 저 치밀하고 섬세한 의식의 천박함. 지란이 만만치 않다는 건 이미 경험했다. 그러니 이번에는 자기 말을 의심의 여지 없이 단번에 쳐낸, 건방진 다영이 표적이었다. 반장이면 다야? 너 어디 두고 보자, 인 셈이다. 그러나 미연은 역시 또 상대를 잘못 잡았다. 지란이 급소 가까이를 쿡쿡 찌르면서 또 까불면 이번에는 진짜 급소다, 하는 스타일이라면, 다영은 쉽게 칼을 뽑지는 않지만 일단 뽑으면 곧장 급소를 푹 찌르는 스타일이다. 거울아, 거울아, 이 세상에서 누가 가장…… 불쌍한 것이다. 자신의 얕은 짬으로 다영을 상대하려는 자체도 무모했지만, 저 막강한 드림팀도 알아보지 못하는 눈으로 자꾸 왕비인 척을 하니, 보기에 안쓰러웠다.

　멀리 해일의 집이 보였다.
　"해일아, 빨리 가자, 빨리."

지란이 급하게 서둘렀다.

"뭘 그렇게 서둘러."

"아리 쓰리 기다리잖아!"

해일은 마지못해 지란을 따라 빠르게 걸었다.

"아리 쓰리 같은 소리하고 있네. 민해일 저거 진짜 모르는 거야? 모자란 자식. 야, 도둑놈의 새끼야, 같이 가!"

다영은 깜짝 놀랐다. 도둑놈의 새끼라니. 왜 저렇게 부른 것일까. 지란의 전자수첩 도난 사건은 미지의 사건으로 남았고, 그 자체로 종결된 일이었다. 그런데 진오가 왜……. 혹시 진오도 본 것일까?

그랬다. 다영은 그날 해일을 보았다. 정확히는 해일이 사물함에서 물러난 뒤에 열린 자물쇠를 본 것이다. 그러니까 반장병이었다. 수업종이 울리면 자신도 모르게 교실을 둘러보았다. 그날도 그랬는데 아직 해일이 자리에 없었다. 그러니 신경 쓰이는 건 당연했다. 수업 직전, 다영은 작은 손거울을 꺼내 앞머리를 정리했다. 그리고 해일이 들어오는 모습을 거울로 보았다. 오네, 싶었는데 사물함 앞에서 멈추는 게 아닌가. 지란 말대로 몇 초였다. 그 짧은 시간에 자물쇠가 열려 있었다. 반 분위기상 자신 말고는 해일을 본 사람이 없는 것 같았다. 그러니 반장의 사명을 걸고 곧장 해일에게 갔어야 했다. 그러나 다영은 그러하질 못했다. 빌어먹을 짝사랑. 지독한 반장병에 걸린 다영이 얼마나 많은 고민을 했을지, 충분히 이해하고도 남을 일이었다.

"너 갑자기 왜 이렇게 심각해?"

지란이 다영에게 물었다.

"쟤는 아무리 친구래도 저렇게 함부로 부르냐?"

"사연이 있어. 너도 이따 해일이네서 건전지 가져가면 말해 줄게. 하하하."

지란이 큰 소리로 웃자 진오와 해일이 뒤돌아보았다.

"해일아, 다영이가 건전지 필요하대!"

"반장 너도 꼭 가져가라. 아주 많이 잔뜩. 하하하하!"

진오가 크게 웃고, 해일도 소리 없이 웃었다.

"다영아, 해일이가 이상하게 공범자 만든다. 꼭 경험해 봐."

"뭐야 이 느낌. 왠지 낯설게 낯익어."

모르겠다고 하기에는 알 것 같은, 안다고 하기에는 또 모르겠는, 묘한 기분이었다. 이상한 공범자. 다영은 자리에 우뚝 섰다. 그리고 세 사람을 쩨려보았다.

"너희 다 알고 있지?"

"뭘?"

"전자수첩."

누군가 '그대로 멈춰라!' 하고 외친 게 분명하다. 세 사람 모두 그대로 굳었다.

"나 베테랑 반장이야. 니들 벌써 주고받은 거지?"

"너 어떻게 알았어?"

지란이 물었다.

"봤어, 거울로."

또, 거울이었다. 해일은 가슴을 쓸어내렸다. 거울아, 거울아, 이 세상에서 누가 가장 바보 같으냐? 너. 해일이 고개를 숙였다. 지란이 해일의 팔을 툭 쳤다. 괜찮다고. 내가 괜찮다고 한 일이었다고 손으로 말한 것이다. 지란이 다영에게 물었다.

"담임도 알고 있어?"

"모를 거야. 내가 말 안 했으니까."

"왜 안 했어?"

"직접 말할 때까지 기다렸어. 내가 말하면 진짜 도둑이 되니까."

"그럼 됐어. 나한테 말했거든. 그리고 쟤, 신싸 도둑이있어. 하하하!"

"……"

다영이 쓸쓸하게 웃었다. 아이들은 자신도 모르는 사이에 일을 정리했고, 어깨를 부딪쳐도 신경 쓰이지 않는 친구가 되어 있었다. 그런 사이가 될 동안 자신은 그 자리에 없었다.

"너도 벌써 공범이었구만. 새끼가 천재 도둑이라면서 왜 사방으로 걸리고 다녀? 너, 나하고 베테랑 반장한테 걸린 거 말고 또 있지? 나머지도 얼른 자수해!"

"전자수첩 말고 또 있어?"

다영이 기겁을 하고 물었다.

"넌 일단 건전지부터 가져다 쓰고 말하자. 이 새끼가 지 죄를 우리한테 깨알같이 뒤집어씌운다. 죽을라고, 확! 이 새끼 또 엄한 짓 하다 걸리면, 우리 다 같이 가는 거야. 건전지 하나로 좆나게 스릴 있게 사는 거지."

절망이었다. 도둑놈을 짝사랑하고 있었다니. 그게 다 보드게임 때문이다. 다영과 해일은 1학년 때 같은 보드게임 반이었다. 해일은 팀별 게임 중 누가 실수를 해도 비웃거나 탓하지 않았고, 당연하게 그럴 수 있다고 웃어 주었다. 그리고 보드게임을 참 잘했다. 섞거나 쌓거나 빼내거나 이동하거나, 늘 여유 있고 빠르게 움직였다.

"그래서 그렇게 손이 빨랐던 거였어. 난 머리가 좋은 건지 알았지. 카지노 딜러야? 무슨 손이 그렇게 빨라. 나……스톡홀름증후군에 걸린 건가?"

한 팀이 되려면 한 번이라도 방언이 터져야 하는 것일까. 다영에게도 방언이 터졌다. 집으로 돌아갈 땐 건전지가 가방에 들어 있겠지. 그리고 해일에게 경고할 것이다. 너 또 한 번 남의 물건에 손대 봐! 베테랑 반장의 옐로카드다.

"니네, 파티 안 할래?"

지란이 다영의 방언을 막고 물었다.

"무슨 파티?"

파티라는 말에 진오의 눈과 귀가 번쩍 뜨였다.

"친아빠가 이사한 집에서 초대한대. 낙서한 놈들 다 데려오란다. 가 봤더니 다 버린 건 아니더라고. 니들 와서 지우래."

"가서 실컷 맞고 실컷 먹는 거지 뭐. 니들도 가는 거지?"

해일이 고개를 끄떡였고, 다영도 멍한 얼굴로 끄떡였다.

"좋아, 다 간다고 말할게. 얼른 가자, 해철이 오빠가 나 기다리겠다."

"형님이 널 왜 기다리는데?"

지란은 진오를 틱 째려보고 서둘러 걸어갔다.

"이건 또 무슨 소리야. 낙서한 놈들이라니. 애들 왜 이러는 건데. 뭐가 잘못됐어. 싹 신고해야 돼. 건전지는 왜 가져 가라는 건데. 설마 아리 쓰리가 병아리가 아닌 건 아니겠지? 난 왜 벌써 공범자가 돼 있는 건데. 선생님, 얘들이 미쳤어요……."

다영은 지란의 뒤를 졸졸 따라가면서 중얼중얼거렸다.

"다영이 쟤 왜 저러냐?"

"몰라."

해일은 연속으로 방언이 터진 베테랑 반장 다영을 걱정했다. 그리고 그 와중에 다영은, 해일이 '다영이'라고 한 말을 들었다. 드디어 해일이 자신의 이름을 불렀다. 얼굴이 시뻘겋게 달아올랐다.

"너 얼굴이 왜 이렇게 빨개?"

지란이 물었다.

"오늘 좀 덥네."

"자외선은 니가 다 빨아들였냐? 아주 시뻘겋다."

"금방 괜찮아질 거야. 근데, 아리 쓰리가 병아린 건 확실하지?"

"우리 아리 쓰리야 확실한 병아리지. 하하하하!"

모처럼 선명한 그림자 넷이 주인들과 딱 붙어 걷고 있다. 아직 바라보는 상대가 달라도 좋았다. 함께 모여 친구네 집에 놀러 가는 것만으로도 좋으니까. 해일은 앞서 걷는 친구들을 보며 오늘 쓸 일기를 떠올렸다. 일기장을 만들고 쓰는 두 번째 일기가 될 것이다.

그때까지 나는 도둑이었다.
그리고 아직 용서를 받지 못했다.

작가의 말

 내 삶의 어느 부분은 싹둑 잘라내고 싶을 때가 있었습니다. 연탄보일러라도 때서, "연탄가스를 마셔 그때 기억을 잃었습니다." 하고 시치미를 떼고 싶을 정도로 말입니다. 내가 한 행동 때문일 수도 있고 내가 만난 누구 때문일 수도 있습니다. 어떤 행동이 싫었고, 어떤 사람이 싫었습니다. 그런데 조금 더 살아 보니 그런 일을 겪어서 참 다행이구나 싶은 겁니다. 생의 결이 좋은 추억으로만 만들어지는 게 아니라는 것을 아는 나이가 되었기 때문인가 봅니다.

 이제는 돌아가 다시 마주하고 싶은 추억과 사람이 더 많습니다. 해 질 녘 엄마가 부를 때까지 함께 했던 친구들과 그 놀이를 다시 하고 싶고, 버스에서 내리다 발을 헛디뎌 비상구 캐릭터처럼 엎어진 내 모습을 봤다는 이유로 사랑 고백을 거절했던 그 사람에게, 사실은 나도 사랑했다고 고백하고도 싶습니다. 삶의 근육은 많은 추억과 경험으로 인해 쌓이는 것입니다. 뻔뻔함이 아닌 노련한 당당함으로 생과 마주할 수 있는 힘이기도 합니다. 살아 보니 미움보다는 사랑이 그래도 더 괜찮은 근육을 만들어 주는 것 같습니다. 내가 아직 철이 덜 들어 미운 사람 여전히 미워하지만, 좋은 사람 그냥 떠나 보내는 실수는 하지 않으려 합니다.

긴 시간 원고를 기다려준 비룡소의 김은하 송정하 씨, 남몰래 짝사랑했던 박지은 씨, 늘 환하게 맞아 주는 박상희 대표님께 깊은 감사를 드립니다. 이분들과 함께 만든 책으로 독자 분들께 인사드립니다. 추운 날 따뜻한 온기 하나 전하는 책이었으면 좋겠습니다. 그리고 당신, 사랑합니다.

2012년
김려령

김려령

서울예술대학에서 문예창작을 공부했다. 문학동네어린이문학상, 마해송문학상, 창비청소년문학상을 받았다. 첫 소설 『완득이』가 청소년뿐만 아니라 성인 독자까지 아우르며 큰 사랑을 받고 있으며, 영화로도 만들어져 다시 한 번 주목받았다. 대표 작품으로 『우아한 거짓말』, 『내 가슴에 해마가 산다』, 『기억을 가져온 아이』, 『요란요란 푸른아파트』, 『그 사람을 본 적이 있나요?』가 있다. 『우아한 거짓말』은 '2012 IBBY(국제아동청소년도서협의회) 어너리스트'로 선정되었다.

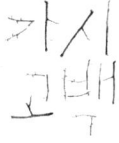

1판 1쇄 펴냄 · 2012년 2월 5일
1판 31쇄 펴냄 · 2025년 3월 18일

지은이 · 김려령
펴낸이 · 박상희
편집 · 박지은
디자인 · 오진경
펴낸곳 · (주)비룡소
출판등록 · 1994.3.17. (제16-849호)
주소 · (06027) 서울시 강남구 도산대로1길 62 강남출판문화센터 4층
전화 · 02)515-2000 팩스 · 02)515-2007 홈페이지 · www.bir.co.kr
제품명 어린이용 환양장 도서 제조자명 (주)비룡소 제조국명 대한민국 사용연령 3세 이상

ⓒ 김려령, 2012. Printed in Seoul, Korea.

ISBN 978-89-491-2314-1 03810